Fran i la Caixa de Cristall

MARIANN VESCO

MARIANN VESCO

FRAN I LA CAIXA DE CRISTALL

MARIANN VESCO

DEDICATÒRIA

Aquest llibre està dedicat a tots aquells nens i nenes que, en algun moment, s'han sentit agredits pels seus companys de classe. Busco donar una llum d'esperança cap a un camí d'acostament de què tots formem part. També als professors, ja que a les nostres mans està buscar mètodes per aconseguir eradicar l'assetjament escolar, incentivar la cooperació i desenvolupar l'empatia en els nostres alumnes.
Finalment, però no menys important, va dedicat a tots els nens i nenes de Col·legi SSERINYA COMMUNITY SCHOOL, d'Uganda.

FRAN I LA CAIXA DE CRISTALL

MARIANN VESCO

INDEX

FRAN I LA CAIXA DE CRISTALL

MARIANN VESCO

AGRAÏMENTS

Un gran agraïment a la meva família i amics, que van creure en la meva idea, i en particular al meu marit, Miquel Àngel, que em va incentivar a dur a terme el meu projecte, al meu editor Carlos Enríquez, sense ell això seria només una idea en un paper, a Beltrán Rodríguez i Marcos A. Aguilar per una portada genial.

No creguis que m'oblido de tu, la meva amiga Carla Matamala. Agraïda per endavant a tots els lectors i espero gaudeixin d'aquest passeig per la fantasia, que a estones es barreja amb la realitat.

CAPÍTOL 1

UN GRAN TROBALLA

Era tardor. Els fulls començaven a caure i el color de l'paisatge mostrava tons marrons i grocs. A les valls d'Andorra, el sol encara exhibia uns tebis rajos abans de donar pas a el fred i la neu de l'hivern.

Es deia Francesc, tot i que tothom li deia Fran, i tenia 10 anys. Era fill d'immigrants i un nen extravertit, amable i afectuós que sempre buscava la manera d'ajudar a qui ho necessités. Aquell dia havia decidit sortir a caminar, com de costum, acompanyat del seu inseparable amic Thor, un gos de caça marró i entremaliat.

L'animal caminava al seu costat pel sender, trepitjant les fulles seques i ensumant cada racó amb el musell enganxat a terra, per veure si trobava alguna cosa per jugar o un animaló a qui perseguir.

Gairebé sense adonar-van arribar a l'estany d'Engolasters. El noi es trobava pensatiu i no va poder evitar recordar a aquell company nou, Diogo, a què alguns dels nens més grans de la classe no paraven de molestar. Fran sabia per experiència com és de difícil era adaptar-se a un nou lloc, aprendre un altre idioma i relacionar-se amb nous companys, ja que també portava molt poc temps assistint a aquell col·legi i vivint en aquell petit país.

Malgrat tot, a causa de la seva complexió forta, ell no havia patit els atacs dels matons de la classe, o «els populars», com feien anomenar.

Tot d'una mica el va treure dels seus pensaments. Va mirar al seu voltant i es va adonar que el seu gos no estava a prop, així que va començar a cridar-ho. Al lluny, va aconseguir veure la cua marró amb la punta blanca sobresortint, bellugant darrere d'una gran roca prop de la riba de l'estany.

Fran es va afanyar i va arribar corrent fins on era Thor, per seure després al costat de l'animal, just a costat de l'aigua. El noi, tranquil ara que sabia que el seu gos estava bé, es va posar a berenar un entrepà de pernil i tomàquet, mentre el sol li acariciava la cara i feia brillar el seu pèl castany, omplint-lo de tons clars que ressaltaven la pell blanca i suau de seva infantesa.

Un gran lladruc, d'improvís, va trencar el silenci de el lloc, alguna cosa passava! el seu gos no solia bordar si no era una cosa important. d'un salt, Fran es va aixecar de la roca i va anar a per ell, trobant darrere d'un gran arbre.

Thor tractava de fer un forat a terra buscant alguna cosa amb gran excitació, com quan es topava amb algun conill distret, encara que aquesta vegada semblava haver trobat alguna cosa diferent. El noi no aconseguia veure res i es va disposar a ajudar a l'animal a furgar la terra, amb ànim d'esbrinar què era allò tan important, quan un suau espurna va cridar la seva atenció.

Entre la terra, van poder veure un objecte que brillava amb el reflex de el sol, així que tots dos van seguir remenant la superfície amb compte, per no danyar el misteriós descobriment.

Un cop va quedar a l'aire, van veure que es tractava d'una petita capseta de vidre que resplendia gairebé fins enlluernar. Thor va deixar de bordar i va moure la cua, ensumant l'estrany troballa; amb el musell, va donar un copet a la caixa, que es va obrir de sobte.

Una llum de molts colors va sortir del seu interior, banyant la cara de el gos, que va retrocedir sobresaltat, i tot seguit un petit objecte verd es va enganxar a la placa del seu collaret.

Thor va mirar a Fran i de sobte li va parlar.
        -Això què és? -li va preguntar.
El noi el va mirar amb incredulitat.
        -No ho sé! -Fran dibuixar a la cara una ganyota de sorpresa.

¡El seu gos acabava de parlar-! Encara sense poder creure el que estava passant, es va aproximar a ell i va tornar a dirigir-li unes paraules

        -: Com és que et puc escoltar, Thor? Com és que puc entendre't?

Fran es va girar cap a la caixa, observant que hi havia a l'interior un petit pergamí. El va desenrotllar i es va adonar que estava ple de jeroglífics, una mena d'escriptura desconeguda el significat intentar desxifrar.

-Això és molt rar, Thor. No puc llegir això. I si és perillós?

-No crec, però m'agrada la sensació de parlar amb tu com la resta dels humans -va respondre el gos-. 'Déjame veure això!

-Thor va acompanyar aquelles últimes paraules amb insistents moviments de la seva cua.

-Sí, és clar! -va exclamar Francesc. Ara tu, a part de parlar, llegeixes ..., ¿no serà molt per a un gos durant un sol dia?

Thor el va mirar de reüll fent-se el important, una cosa típica d'ell, i li va treure el pergamí amb el muscll. Després d'un moment de silenci, va tirar una mirada a el text que contenia el pergamí i va començar a traduir el seu significat:

Regles per a qui trobi aquesta caixa màgica

1.   Només has de fer servir aquesta caixa per fer el bé. Si fas una cosa dolenta o algun mal a algú, aquesta caixa desapareixerà i tornarà a les profunditats de la terra, per esperar a ser desenterrada per alguna persona que la mereixi. A més s'esborrarà tot recordo que tinguis d'ella.

2.   La caixa donarà instruccions a l'ànima noble i fidel que hagi estat escollida per desenterrar, qui la manejarà d'acord a la seva voluntat.

3.   Gaudeix els meravellosos viatges que pots emprendre amb ella i fes el bé. A mesura que la facis servir, aniràs comprenent el seu funcionament. Confia en el teu guia, ja que ell sabrà què fer en tot moment.

4.   Guarda la caixa en un lloc segur. No la necessites físicament, ja que la caixa ara forma part de la teva guia, i el seu poder resideix en l'ésser viu que l'ha desenterrat.

       -Llavors, ¿ara sóc jo la teva guia? -Thor va mirar a Fran mentre li feia la pregunta i, després pensar un moment, va apuntar a el noi amb el seu patates. ¡Seu! -li va ordenar-. ¡Atura't! Fes-te el mort!

       -El can deixar veure els ullals, dibuixant en les seves gargamelles un gran somriure sarcàstic a el veure la cara que posava Francesc. No t'enfadis, que és broma! Només era per veure què se sent a l'estar de l'altre costat, jejeje ...

-No et passis, que encara ets el meu gos! -va respon-
dre el noi entre rialles-. Anem a casa que és tard. La mare ha
d'estar preocupada. Ja veurem què fer amb això ..., i no se't
passi parlar-ne a casa o davant de la gent.

Capítol 2

A elColegio

Era dilluns i Fran ja anava tard per al cole. La seva mare l'havia cridat quatre vegades per esmorzar, i si no es donava pressa anava a perdre l'autobús; va menjar molt ràpid i li va demanar diners a la seva mare per comprar una mica de berenar, després d'acabar la jornada escolar. Es van acomiadar amb un petó i va sortir corrent cap a la parada, amb tan mala sort que el bus va passar de llarg just abans que ell arribés. Al lluny, va veure a Diogo pujant a el vehicle a la següent detenció de l'recorregut, però per algun motiu aquest es va penedir i va baixar de l'transport.

Per sort l'escola quedava a prop. Fran va decidir que aniria caminant,   encara que el més probable és que arribés tard. Es va quedar mirant al seu company, el noi nou, que caminava amb pas ferm una mica més endavant i va decidir prémer el pas per aconseguir-ho. Potser aquella seria una bona oportunitat per apropar-se a ell.

L'aire fred li fregava la cara, com anunci de l'hivern que s'acostava. Ja es podia veure una fina capa de neu a les zones més altes de les muntanyes. Fran va aconseguir aconseguir a Diogo uns carrers abans de l'escola i el va saludar, tot i que el noi va mirar amb desconfiança i sense saber molt bé com reaccionar. Així i tot, una mica tallat, Fran va tractar d'entaular conversa amb ell, però els recels de el noi nou li provocaven certa incomoditat.

15

Sense saber per on començar, després d'una estona, el va mirar i li va fer un oferiment.

-Vols que entrem junts? -li va dir Francesc. Així serà és més fàcil suportar l'estirada d'orelles per arribar tard. Diogo va fer que sí, però no va dir res.

Quan van arribar la classe ja ha havia començat. La professora, molesta per la interrupció, els va manar col·locar-se en dos dels seients de primera fila, que estaven desocupats. Els seus companys estaven veient una lliçó sobre la història d'Andorra, cosa que a tots dos li resultava totalment desconeguda.

Fran, de tant en tant, tractava de parlar amb Diogo sense cap resultat. Va arribar l'hora de dinar i tots dos es van dirigir a l'menjador, en silenci. Fran es va aturar un moment per parlar amb una amiga d'un altre curs, quan va veure a la porta de l'recinte a tres nois, guiats per un noi que es deia Jordi, que semblaven esperar Diogo.

El noi nou titubejar uns instants i va decidir apartar-se i accedir a l'menjador des d'un lateral, però els tres van seguir fins al taulell on els alumnes agafaven el menjar del dia.

Diogo va triar el seu plat per dinar i el va posar en una safata, però en aquell precís moment els tres joves li van abordar, propinant-li empentes fins que van aconseguir que el noi caigués, deixant tot el terra regat amb els espaguetis del menjar.

Fran va córrer per auxiliar-lo, el va aixecar i el va ajudar a netejar-se. Tot seguit va acompanyar a el noi a per una safata nova. Els ulls de Diogo encara brillaven de la ràbia i les ganes de plorar contingudes; les seves galtes estaven enrogides per la vergonya i humiliació de la qual havia estat víctima davant de tots.

No aconseguia entendre per què li feien tot allò. Si no el coneixien! I a més ell mai els havia fet res! Per a ell era un aclaparament anar a l'escola cada dia ...

Junts, al menjador, van compartir el dinar i, a poc a poc, Fran va aconseguir entaular una petita conversa amb Diogo. Van parlar dels seus pares i de el lloc d'on venien. Un cop acabada la jornada, van decidir tornar junts a casa. La professora els havia manat fer un treball, agrupats per parelles, sobre la història d'Andorra, ja Fran i Diogo els va tocar junts.

-Seria bona idea que ens ajuntéssim a casa meva -va dir Fran a el noi nou-. D'aquesta manera podríem estudiar els dos i preparar millor la feina.

Diogo va acceptar encantat, però abans de res va passar per casa per demanar permís a la seva mare. Li va dir que havien decidit reunir-se en casa de Fran per buscar informació i fer el treball sobre la història d'Andorra.

Va aprofitar també per parlar la seva mare de el nou amic que acabava de conèixer; li va explicar que es deia Francesc, però que a l'escola li deien Fran, i que era nou com ell.

17

No obstant això, no va comentar res sobre el que
li havia passat amb Jordi i els altres. No volia que la seva
mare es posés trist i que tingués més preocupacions per
culpa seva. La seva mare ja tenia prou amb treballar tantes
hores perquè ell i els seus germans estiguessin bé.

Potser ells no tenien un iPhone, i tampoc podien ves-
tir-se amb roba de marca, com els seus altres companys de
classe, però comptaven amb tot el veritablement necessari
gràcies a ella.

Diogo va caminar en direcció a casa de Fran. No es-
tava acostumat a el fred d'aquell lloc, encara que el paisatge
de muntanya començava a agradar molt. Quan va arribar, va
trucar a la porta i el primer que va sortir d'ella va ser Thor,
com de costum, saltant sobre de la gent per saludar. Diogo
a el principi retrocedir, un poc sobresaltat, a l'veure una
cosa marró que se li venia a sobre; després es va adonar que
l'animal només volia mims i lengüetear.

Un cop a l'interior, van passar a l'habitació de Fran
i es van asseure al llit, intentant planificar el treball enca-
ra que sense saber molt bé per on començar. Tot d'una va
aparèixer Thor i es va posar davant d'ells, col·locant-los les
potes sobre i tractant de dir-los una cosa que, en principi, no
van poder entendre ...

Sense saber com, molt sorpresos, van aparèixer els
tres a la vora d'un riu. El fred va provocar que es estreme-
cieran. La remor suau de l'aigua atorgava a el lloc tranqui-
l·litat

18

En realitat, Andorra tenia els seus encants: les muntanyes enormes, però alhora accessibles, després dels molts camins que et portaven entre elles; seus rius, que portaven una agradable olor a terra mullada, com el que s'estén després del primer dia de pluja; l'entorn, que d'alguna manera els feia sentir-se part de la natura ...

Thor els va treure dels seus pensaments.

-Perdó, em vaig emocionar! -els va dir el gos-. Per a la propera esperaré que us hagueu abrigat per sortir. Aquest és el Riu Valira, a la zona de Sant Julià de Lòria. Es diu que aquí vivien petits grups de gent al període neolític ...

Diogo no podia creure el que estava passant davant els seus ulls. Fran, enfadat i tremolant de fred, va increpar al seu gos.

-Tu com saps això? -li va preguntar a l'animal-. I, com vas fer això de portar-nos fins aquí?

-Jo sóc molt intel·ligent i culte -va respondre Thor rient a cor què vols neta-. Jo que sé com ho vaig fer! Amb el fred que fa,

¿Anava jo a voler venir aquí? -va afegir-. Amb el calentet que estava al teu llit! A veure, fem tot aquest experiment altra vegada. Seieu a la roca i jo intento que tornem, que ja tinc gana.

Dit això es van asseure, tot i la cara de sorpresa de Diogo, que encara no podia creure que tots dos estiguessin allà, parlant amb un gos. Així i tot, van tractar de repetir l'escena que havia tingut lloc anteriorment a l'habitació de Fran, però sense saber com van aparèixer a la vora d'un congost sobre el riu.

-No em miris així que jo no sóc el responsable! -va dir el gos mentre caminava mig tort i movent la cua, amb cara de culpabilitat.

A Fran, l'expressió de Thor li va recordar a la qual posava quan la seva mare li preguntava a el ca: «Anem a veure, qui s'ha menjat les costelles que vaig deixar preparades?».

-Mireu! Aquí hi ha una cova! -va dir Diogo de sobte.

Els tres van començar a caminar i Thor, de manera sobtada, es va parar i es va posar a furgar amb fúria. Fran va començar a relliscar i la terra va cedir sota els peus de el noi que, espantat, va caure a un gran forat mentre cridava; a l'interior de l'forat seva mà va tocar una mica fred, i quan va dirigir la vista cap a l'objecte va topar cara a cara amb un esquelet.

Aterrit, va tractar de sortir, però els seus esforços van ser en va, ja que l'esvoranc era bastant profund.

Thor li va demanar a Diogo que es tragués el cinturó i el lligués amb força al seu arnès. Tot seguit, el nen va agafar amb fermesa l'altre extrem i va començar a lliscar dins el forat; amb més de mig cos a dins, li va cridar a Fran que s'aferrés amb energia a les seves cames per intentar pujar.

El gos li subjectava, tirant amb totes les seves forces per poder auparlos, però tenint cura de no enfonsar la terra del voltant i que caiguessin tots tres.

-Ja sé per què som aquí -va dir Thor panteixant pel esforç-. Hi ha altres petits grups que van viure en grutes en el Cim de Pal, al Roc de Llunsí, a La Massana ia Arinsal; però va ser aquí, a Balma de la Margineda, on es va trobar l'esquelet més antic.

Corresponia a persones que va viure fa quatre mil anys. També es van trobar puntes de fletxa, indústria de l'sílex, objectes d'os, comptes de collarets, fragments de ceràmica ... dels dos estareu prenent apunts, m'imagino. -Aixecant la pota Thor va fer cara de gos interessant-.

No ho tornaré a repetir! - afegir-. Això de ser tan culte m'està agradant ...

Fran el va mirar, enfadat i cansat, ple de rascades i amb la cara tacada de terra.

-Ui! -va exclamar Thor amb el cap baix i mirant-al seu torn-: «El forn no està per orgues», com diu la teva mare. Millor ens anem ia veure si aprenc a dirigir això.

Hem de deixar tot com estava. ¡Ah!, una cosa més: em vaig oblidar de dir-vos que, a poc a poc, amb la instal·lació de poblats a peu de la Serra d'Enclar, a la Robleda de Cedre i altres punts, els humans lograsteis avançar fins a la cultura de el bronze, progressant també en la megalítica, com ho demostra algun dolmen a Encamp, gravats rupestres com els de la Roca de les Bruixes, de Prats, d'Ordino i de la Massana. D'aquest període també s'han trobat monedes iberes a Sant Julià de Lòria. Tranquils que no anirem !, al menys no per ara ...

Fran i Diogo es van quedar bocabadats. Com era possible allò que estaven veient? ¡Thor coneixia la història de l'passat d'Andorra millor que ells! Ell, ¡un gos! Se sentien confosos i tremolant, sense saber si tot allò era producte de la seva imaginació, de l'ensurt o de l'intens fred que sentien.

Tots dos van seure a la terra humida, esgotats per l'esforç físic, i Thor es va tirar sobre les seves cames per escalfar-los. A l'tancar els ulls, vençuts pel cansament i les emocions, van aparèixer una altra vegada sobre el llit de Fran, en aquella mateixa posició. Els nois es van mirar, pensant que tot havia estat un somni, idea que es va esvair a l'aixecar-se, ja que les seves robes es trobaven plenes de terra.

Ràpidament van anar a rentar-se, abans que vingués la mare de Fran a veure'ls. Malgrat que semblava que portaven hores fora, Fran va mirar el rellotge de l'habitació i es van adonar que, de forma inexplicable, només havien passat uns quants minuts. Un cop més calmats, Fran va explicar a Diogo el secret de la caixa misteriosa que havien trobat ell i Thor al costat de l'estany.

Tot seguit, el va deixar alguna roba al seu amic perquè aquest tornés a casa, no sense abans fer-li prometre que no anava a explicar-li a ningú el que havia passat. Diogo va arribar a casa una mica desconcertat, però content per la història viscuda; a l'sembla ja tenia els seus primers amics: Fran i Thor, l'entremaliat gos parlador.

CAPÍTOL 3

UN ARRENCADA DE VALENTIA

Diogo es va despertar molt d'hora i sense ganes d'anar a l'escola. No sabia com demanar-li a la seva mare que el canviés d'escola; estava cansat d'aguantar els maltracta-ments dels seus companys però no s'atrevia a explicar-ho a ningú.

De vegades pensava que potser era culpa seva i que potser hauria d'haver actuat d'una altra manera. No sabia com enfrontar-se a la situació i se sentia trist i acorralat. Ja ni tan sols s'atrevia a agafar el bus de l'escola, per evitar les bromes que li feien a l'pujar.

A la fin decidir anar caminant; així potser es trobaria amb Fran. Aquest pensament el va animar i va decidir aixe-car-se.

Fran, al seu torn, va decidir anar caminant a l'escola, ja que havia caigut la primera nevada i li agradava com sona-va la neu pols durant aquests primers dies a l'caminar sobre ella. Els fins flocs queien sobre la seva cara de forma tímida i va agafar alguns amb la mà.

Li va causar admiració el perfectes que podien arribar a ser: una mena d'estrelles les puntes semblaven estar fetes pel millor escultor.

El cel estava gris, però la gent semblava somriure i estar de bon humor. Tots esperaven l'inici d'una nova temporada d'esquí i per a Fran era el seu primer hivern amb neu, de manera que tot allò era una novetat per a ell. De moment podia dir que li agradava, encara que no deixava d'estranyar a totes les persones que havia deixat al seu país.

A el passar per casa de Diogo, va decidir trucar a la porta per recollir-i anar junts a l'escola. Animats, van ser conversant sobre tot el que ha passat el dia anterior i, entre els dos, van tractar de buscar una explicació raonable per allò que el seu gos Thor hagués començat a parlar, però no ho van aconseguir. El fet no tenia explicació lògica, definitivament la caixa que havien trobat al costat de l'estany era màgica.

A l'arribar a l'escola van veure a Jordi i als seus amics a l'entrada, molestant als més petits, com sempre. Diogo, a l'adonar-se ells, minorar el pas i va començar a titubejar, sense saber si entrar o esperar que aquells nens s'avorrissin i marxessin.

Fran es va adonar el nerviosisme del seu amic i va tractar de calmar-lo, dient-li que entrarien junts. A el passar a la banda de Jordi i els seus amics, aquests van començar a proferir insults i malnoms ofensius contra Diogo, que va romandre capcot.

-No els miris! -va dir Francesc. Segueix caminant i ignoreu. Tu continua conversant amb mi, fent com que no existeixen. No els donis el gust de contestar-i no t'enfadis ni responguis, és el que busquen. Potser així es cansin.

Aquell dia, Fran va tractar d'integrar Diogo a la classe. Tot i que Fran també era nou es portava molt bé amb gairebé tots els companys. Va presentar a Diogo a Meritxell, que era la delegada de la classe i destacava pel seu bon comportament i rendiment escolar.

També va fer que conegués a la Laia, una noia enginyosa que sempre feia riure als altres amb les seves ocurrències, ja Andreu, que procedia de Barcelona i era un apassionat jugador d'hoquei sobre gel i rugbi. Aquell dia, per primera vegada, l'esbarjo va ser agradable per Diogo.

A la tarda van anar a el parc, de manera que Thor podria passejar mentre ells seguien amb el seu treball.

-¿Sabíais que els antics ibers, celtes, cartaginesos i romans que van ocupar el litoral mediterrani van utilitzar Andorra com a refugi després de les batalles? M'ho va dir el meu pare - va comentar Fran mentre Thor semblava ja cansat de ensumar i jugar.

Es disposaven a tornar a casa quan van veure al Jordi que, en actitud amenaçant, els tallava el pas. Aquest cop anava amb l'Enric, un noi de modals toscs, el fort no era, precisament, l'amabilitat. Thor va donar un gran salt sobre de tots ells i van caure de forma desordenada, uns sobre els altres.

Jordi, ràpidament, es va posar dret.

-Què et passa, gos estúpid ?! -va dir el pinxo a crits i amb cara d'estar molt enfadat.

Thor no va fer cas, doncs estava més ocupat mirant el que passava al seu voltant. Tot era fosc i confús. Ja no es trobaven al parc en el qual estaven moments abans.

A curta distància, es podia veure a unes persones altes i rosses, lluint grans barbes vermelloses que resplendien a la llum de el foc de la foguera al voltant de la qual estaven asseguts, formant un cercle.

Anaven vestits d'una forma molt rara que mai havien vist. Lluïen túniques i sayos amb gruixos cinturons i portaven grans espases penjades a al costat, que només havien pogut veure en les pel·lícules de cinema.

Jordi i Enric no aconseguien comprendre el que veien. La foscor els confonia encara més. No sabien on es trobaven ni el que havia passat, així que sense pensar-ho dues vegades es van escapolir darrere dels arbres, al costat dels altres nois i el gos.

En silenci, espantats, van tractar de sentir les converses dels homes i van intentar entendre aquella situació tan estranya, però els seus esforços van ser en va. Estaven molt lluny i només escoltaven murmuris.

Fran va decidir apropar-se cautelosament per no ser vist. Thor anava davant, atent a tot, i a l'arribar a l'arbust més proper a el grup va aconseguir distingir els sons de la conversa, entenent on eren i en companyia de qui.

Després li va fer un senyal a Fran i tots dos van tornar a l'espessor, on es trobaven Diogo, Enric i Jordi. Entre murmuris, els va comentar que havien d'estar aproximadament en l'any 714 i que aquells homes eren els visigots, que en aquells anys havien envaït Andorra.

-Ara el gos parla! -va dir Jordi donant un salt-. Què és això?

La imprudència de el noi va fer que les cares de el grup d'homes es giressin cap a ells. Un fort impuls de supervivència els va obligar a sortir corrents a el màxim de velocitat que les seves cames els van permetre.

Thor, Jordi i Enric al capdavant; Fran i Diogo darrere. Aprofitant la foscor per prendre un desviament, van decidir escapolir després d'un gruixut tronc. Els soldats van passar moments després a corre-cuita, sense veure'ls.

Quan tot va estar en calma Jordi va seguir corrent van seguir corrent de pressa en la foscor, pensant en com podrien tornar a casa seva. Tot d'una va relliscar, caient per un pendent; mentre queia va demanar ajuda a l'Enric, però aquest, a veure que els soldats estaven a prop, va decidir seguir endavant i deixar-li allà, tirat.

Jordi va aturar bruscament el seu descens a l'xocar amb un arbre i tot seguit un soldat va aparèixer del no-res i el va agafar de el braç, aixecant en l'aire com si fos una ploma; carregant a sobre, el va portar a el campament dels soldats.

Allà decidirien què fer amb ell i mentre el van lligar a un gruixut tronc, per a més tard interrogar-lo, ja que els homes pensaven que es tractava d'un espia dels musulmans, que dominaven llavors el centre i sud de la península ibèri-ca.
Thor i Enric van deixar de córrer a el veure que ja no els perseguien. Enric estava espantat i va començar a plorar desconsoladament, ja que se sentia perdut i sol enmig de la nit.
Thor el va mirar de reüll.

-I tu ets el matoncito valent? -li va dir Thor mirant-lo de reüll i obrint les seves goles en to sarcàstic. Ara plores com una princeseta! Doncs vagi covard has sortit!

-A que et deixo sol ..., com tu has fet amb el teu gran amic ... -Thor es va allunyar de el noi, que gemegava de forma incontrolada-. Adéu!
¡Busca't la vida!

-Gos -va implorar Enric-, no te'n vagis, no em deixis sol!

Thor es va girar i va tornar a mirar a l'amiguet d'en Jordi, que plorava com si la vida li fos en això.

-Com has dit? -li increpó-. Per a tu sóc «el Senyor Thor», d'ara en endavant, i les coses es demanen «si us

30

«Això de poder parlar com que m'està agradant, hi, hi, hi ...», va pensar Thor.

Amb molt sigil van començar a baixar per la pendent a la recerca dels seus amics. Thor estava preocupat i, mentre ensumava la terra humida, anava pensant en com desfer aquell gran greuge. Tot d'una una olor conegut li va fer recuperar l'optimisme.

El seu amo, Fran, estava a prop. Es van aproximar a una zona arbrada i just allà, després d'un tronc, sense moure, es trobaven Fran i Diogo.

-Estic tractant de fer que alliberem a en Jordi i que tots tornem sans i estalvis a casa, però aquest nen ploraner no em deixa pensar. -Thor es va gratar una orella i Enric va seguir ploriquejant sense pausa. Et vols callar, nenaza? No deixes que em concentri ...,

Feu aquí! -Acte seguit, Thor li va posar una pota a sobre i tots dos van desaparèixer.

Diogo i Fran es van quedar perplexos allà, enmig de la nit, sense saber què fer. El fred ja començava a sentir-se en els ossos i notaven que el pànic feia efecte en ells, quan Fran va recordar les paraules de l'pergamí: «Confia en el teu guia, ja que ell sabrà què fer en tot moment». Això el va tranquil·litzar i va tractar de calmar Diogo.

-Tot sortirà bé, tu tranquil, ja vindrà Thor a per nosaltres
-li va dir-. Mentre pensem com ajudar al Jordi. Sé que no ha estat bona persona amb tu, però una de les regles de la caixa de vidre és que sempre hem de fer el bé.

Mentrestant, al campament dels homes barbuts, Jordi tractava de mossegar-se els llavis per tractar de despertar, pensant que potser tot era un malson. No podia pessigar perquè estava fortament lligat, així que es mossegava amb ímpetu.

Almenys ja no sentia tant fred; li arribava un tebi calor des de la foguera i pensava en la sort dels altres nois i en com aquell que ell considerava el seu millor amic l'havia abandonat. Enric no havia estat capaç de donar-li la mà per a evitar la caiguda quan ell si ho hauria fet pel seu amic, ia més s'havia marxat, havia fugit ... ara estava segur que allò no era un somni i anava perdent l'esperança de poder escapar d'allà.

Raonava, buscant una explicació lògica a tot el que estava passant i com havien arribat a aquell lloc. Va tractar d'escodrinyar els arbres, mirant si els nois estaven encara rondant, però només aconseguia distingir les ombres allargades causa de la llum de la foguera i el silenci de la nit, trencat per alguna riallada dels soldats escalfant-se a la vora del foc.

Mentrestant, Diogo i Fran van romandre arraulits després d'un arbust, un al costat de l'altre, per donar-se calor; van mirar als soldats i es van adonar que alguns s'havien anat a dormir, quedant tan sols uns quants al voltant de la foguera.

Un dels homes estava apostat de guàrdia al costat de Jordi. D'improvís un petit soroll va treure a Fran dels seus pensaments. Era Thor, que havia tornat amb un os travessat en el musell i una motxilla sobre el coll.

-Hola! Sento la demora. He tirat a l'ploraner d'Enric al seu llit. Vaig trobar la seva habitació, no cal ser molt bon caçador per trobar aquesta olor a peus! -va dir allò mentre feia una ganyota de fàstic, arrugant el hocico-.

Ho he deixat i vaig desaparèixer, així pensarà que va ser només un somni. Per cert, Fran, he passat per casa; a la motxilla hi ha roba d'abric que la teva mare va comprar per a l'esquí, uns guants i el termo amb xocolata calenta que tenia la teva germana a l'habitació. ¡L'hi he tret!

-I aquest os? -va preguntar Fran.

-¡Ups! Ho sento ... és superior a mi. Segueixo sent un gos, he, he, he ... hauríem de tornar aviat per al sopar, la teva mare està fent costelles! -va comentar llepant-.

-Bé, els soldats ja s'han escalfat -va respondre Fran-. Pensem en com treure a Jordi d'aquí.

-He portat també aquesta navalla que fa servir el teu pare quan va de pesca -li va dir Thor passant-li l'instrument de tall-. No la perdis. Crec que hauríem de portar una motxilla d'emergència per si aquests viatges inesperats se segueixen repetint, «i no oblidis posar una corda de paracaigudes», com deien a Supervivientes, a la tele.

Com si això s'aconseguís a cada cantonada! Qui imagina sortir de casa sense una? Quina irresponsabilitat? -va exclamar Thor-. Jajaja ... veus cada cosa a la TV -va afegir entre rialles.

-Deixa't ja de repetir tonteries de la tele i anem a concentrar-nos en això, si us plau -li va demanar Fran.

-Està bé, està bé -va concedir Thor-. A l'embolic!

Va haver-hi moviment en el grup de soldats, alguna cosa passava. Un dels homes de l'campament es va acostar a Jordi. Semblava que volien interrogar-lo. El pànic es va apoderar de el noi i l'home li va cridar, preguntant qui l'havia enviat. Jordi era incapaç de contestar i només va emetre balbucejos. La por no el deixava parlar i sentia que el seu cor s'anava a sortir de pit. Li suaven les mans i tenia la sensació que podia desmaiar-se.

Un soroll ensordidor va inundar l'ambient. Fran, Diogo i Thor van veure, al lluny, a moltes persones corrent i cridant una cosa que no entenien.

-¡Atentos! -va avisar Thor-. No sé el que criden però segur que a una festa no vénen.

-Aprovechemos el caos i desatemos a Jordi -va dir Fran-. Diogo, tu corre amb la navalla.

-Sí -va afegir Thor-. Fran i jo vigilarem. Fes-ho ràpid, no tenim molt de temps. Crec que això es posarà lleig. A el parer és l'exèrcit musulmà que vencerà als visigots d'Andorra.

Només un canvi d'invasors. ¡Moveos i sortim d'aquí! Diogo va córrer, espantat, sense mirar el que passava al seu voltant per no acovardir-se. Es va desplaçar ràpid i de front, tan sols mirant al seu objectiu.

El soroll es va tornar ensordidor i els homes, exaltats, van cridar donant ordres, preparant-se per suportar l'escomesa de les tropes islàmiques. L'aire es va enrarir i la tensió es notava en cada múscul dels soldats.

Diogo va sentir que en qualsevol moment un d'aquells guerrers gegants es abalanzaría sobre ell i una suor gelat li va recórrer l'esquena. Apurar el pas, gairebé sense aire, fins que va arribar a l'arbre. Notava el seu cor bategant per l'esforç i la por, però tot i així es va concentrar en la seva tasca.

Jordi hi era mig defallit i blanc com un full. A l'veure Diogo va obrir els ulls, incrèdul, mentre que el noi agafava maldestrament la navalla i començava a tallar les cordes com si en això li anés la vida. Va alliberar les mans i els peus de Jordi quan ja gairebé no quedava temps, ja que era qüestió d'uns minuts que allò es convertís en un camp de batalla.

Un cop lliure, Jordi va tractar de posar-se dret; les seves cames estaven adormides d'estar en la mateixa posició i l'engarrotament el va fer caure. Diogo va envoltar el seu coll i Jordi es va abraçar a ell. Amb les presses, va donar un cop amb el braç a les ulleres de Diogo que es van perdre en la foscor.

Passats uns instants, Fran va sortir a la trobada de Diogo i Jordi per ajudar-los i Thor es va col·locar al centre de l'enrenou, buscant i ensumant d'un lloc a un altre. Un minut més tard va aparèixer amb les ulleres en el musell i va saltar sobre dels nois, desapareixent tots a l'instant.

Tot d'una estaven de tornada a Andorra. En primer lloc van anar a casa de Jordi per deixar-ho allà, i després Thor va saltar damunt del seu amo i Diogo i van tornar a teletransportar, reapareixent a casa de Fran. Thor encara portava les ulleres en el musell i se les va tendir a Diogo.

-Em sap greu, estan una mica tortes; les va trepitjar un soldat abans que jo les agafés.

D'altra banda, Enric estava a la seva habitació pensant en aquell malson tan estranya que havia tingut. No recordava haver tornat a la seva llar des del parc, ¡o potser és que s'havia quedat dormit i mai va sortir de casa! Recordava haver deixat al seu amic sol i sentir un indici de penediment, encara que es va consolar a si mateix.

«No tinc per què sentir-me culpable d'una ximple malson», va pensar. La seva mare el va cridar per menjar, traient-lo de les seves divagacions.

Jordi, per la seva banda, estava a l'habitació i tractava de retenir en el seu cap el viscut. «Hi haurà estat un malson

-es deia per a si-

. No pot haver passat realment., estava clar que acabava de despertar, segur que sí, ja que mai li salvaria de l'perill aquell a què tant havia molestat cada dia a l'escola. Pensar que Diogo voldria ajudar era una gran tonteria », va pensar. A l'estona, es va quedar adormit.

A l'endemà, Fran esperava el bus i Diogo el va veure a la llunyania. Va decidir anar a trobar, i aquest cop pujaria a l'autocar sense importar el que li diguessin, perquè ja no se sentia sol.

A més, amb el fred que havia passat el dia anterior no li venia de gust anar caminant, ja que havia caigut força neu a la nit i es feia difícil caminar per les voreres. Tot el paisatge estava revestit d'un gran mantell blanc, donant la sensació que era cotó de sucre cobrint els arbres, i els sostres de les cases semblaven de merenga.

Va pensar que, malgrat tot, ja li començava a agradar aquell paisatge tan diferent.

Com era costum, Jordi i els seus amics eren a la porta. Ell i Enric no havien comentat una paraula sobre el seu estrany malson, i a l'veure arribar a Diogo ja Fran els van sortir a el pas.

Ja estaven maquinant una de les seves quan Jordi es va adonar de les ulleres tortes que portava Diogo. Com un llamp, se li van aparèixer al cap els moments que va passar com a presoner dels militars visigots, i com Diogo li havia salvat d'una mort segura, així que va retrocedir sense dir res; els seus amics li van mirar sorpresos i el timbre el va salvar de la incòmoda situació.

CAPÍTOL 4

EL PRINCIPI D'EL CANVI

El matí havia passat molt tranquil·la, tot i que la classe estava particularment bulliciosa i tots tenien algun tema per fer comentaris. No obstant això, Jordi i Enric romanien callats, cadascú submergit en els seus pensaments.

Cap aconseguia treure del seu cap les vivències del dia anterior, com si tot hagués estat un somni que no s'allunyava de les seves ments i en el qual la realitat es barregés amb la ficció.

Enric seguia pensant que tot havia estat alguna espècie de malson. Jordi, malgrat tot, creia que el que havia sentit semblava massa real per haver estat només objecte de la seva imaginació, encara que no podia donar una explicació coherent al viscut.

De reüll, observava Diogo i les seves ulleres tortes, i després de pensar una estona es va acostar a el noi i li va preguntar què era el que havia passat amb elles.

Diogo estava concentrat en la seva feina, però va respondre.

-Ahir em van caure i Thor les va recuperar així. Algú va haver de trepitjar-les.

La imatge de l'escena va acudir immediatament al capdavant de Jordi.

-Segur ... ¿potser un soldat?

-Això mateix -va respondre Diogo sense pensar, alhora que aixecava el cap per mirar a què fins ara havia estat el seu principal enemic a l'escola.

Jordi romandre pensatiu, ja que amb aquella resposta Diogo acabava de certificar que tota aquella estranya història era real.

La professora, des del seu taula, va mirar cap al saló. A l'adonar-se que Jordi estava aixecat i fora del seu lloc el va renyar i li va enviar de nou al seu seient, salvant a Diogo d'haver de donar més explicacions.

Fran, que s'acabava d'adonar del que havia passat, se sentia preocupat, i reflexionava sobre com podria arreglar aquell embolic sense haver de comptar tot a Jordi i evitar que el secret de la caixa màgica es conegués.

A més, encara que diguessin la veritat, ¿qui els creuria?,¿ Qui havia de prendre seriosament que el seu gos parlava? I això que va trobar una caixa que els permetia viatjar en el temps? Li prendrien per un sonat!

El timbre de l'escola va sonar, indicant que la jornada havia acabat. Fran i Diogo van decidir anar caminant a casa, així que els va donar temps a meditar amb calma què fer. Fran va trencar el silenci dient que el millor era preguntar a la caixa quina era la decisió més encertada.

Mentrestant, el Jordi, a casa, seguia donant voltes a l'assumpte. A la fin decidir anar a casa de Fran i esbrinar d'una vegada què és el que estava succeint, ja que si tot el que recordava havia passat de veritat, Diogo, aquell a què tant molestava a l'escola, s'havia arriscat per salvar-lo.

Encara es preguntava com era possible, ja que ell segur que no ho hauria fet pel noi nou. Un cop de porta el va treure de les seves divagacions i uns passos es van acostar a l'entrada de la seva habitació. El seu pare havia arribat i, a l'sembla, un cop més no venia de bon humor.

La relació entre ells era difícil, distant. Jordi sentia que mai aconseguia satisfer les expectatives que el seu pare tenia cap a ell i se sentia trist i desmotivat. El seu progenitor va entrar a l'habitació.

Havia estat mirant les seves notes i no eren les que esperava. Jordi es va preparar per sentir els seus crits i desqualificacions i una vegada més va sentir que es tornava petit i inútil. Només volia sortir d'allà, escapar-se.

El que no sabia és que el seu pare se sentia tan frustrat com ell. Passava fora de casa moltes hores a el dia per poder sustentar la família i gairebé no tenia hores de descans. Els anys li pesaven, a Tot i no ser una persona gran, però l'excés d'hores de treball i l'estrès li passaven factura.

El fet de no tenir temps per al seu fill havia provocat entre ells un allunyament, i les poques vegades que es veien acabaven barallant o fent-recriminacions mútues.

En el seu interior, l'únic que desitjava el pare és que el seu fill no passés les necessitats i mancances que ell havia suportat, i per això era tan dur amb ell. Somiava amb que es prepara i arribés a ser un gran professional.

Després de suportar la descàrrega del seu pare, Jordi va sortir de casa enfadat i amb ganes de rescabalar-se amb algú. El fred li va fregar les galtes enceses per la ira i la frustració; l'aire gelat li arribava als pulmons i no sabia si cridar o plorar, sentint ràbia i tristesa alhora.

Recordava el temps en què ell i el seu pare sortien a caminar a l'estany i el portava sobre les seves espatlles; li encantava tocar les fulles altes dels arbres i se sentia segur i estimat, i més gran també, observant tot des de tan alt. Feia molt temps que no emprenien res junts sense barallar-se.

El seu pare estava sempre fora de casa i quan alguna vegada feia acte de presència Jordi sentia que l'home ho evitava perquè ja no tenia ganes ni temps d'estar amb ell. Quan va arribar a el parc es va trobar amb els seus amics, que al seu torn s'havien topat amb Diogo.

El noi nou venia de fer un encàrrec per a la seva mare i, com sempre, els altres nois s'estaven ficant amb ell. Jordi va sentir alguna cosa estranya en el seu interior que no sabia com explicar i va tenir ganes d'ajudar. El veia allà, indefens i disminuït, tal com se sentia ell feia una estona, així que sense pensar-ho dues vegades li va agafar de la samarreta i el va arrossegar amb ell.

-Tu véns amb mi, hem de parlar -li va dir. El va portar gairebé a coll fins a donar la volta a la cantonada i després el va deixar anar i li va recompondre una mica la roba-. Disculpa, però tinc una reputació que mantenir.

Per cert, gràcies pel d'ahir. No entenc com va passar exactament, però el que vas fer no ho fa qualsevol -va afegir titubeando-. Vaig a casa de Fran, necessito comprendre tot el que ha passat. No sé on viu exactament, però si em vols acompanyar ...

Diogo, sorprès encara per l'actitud de Jordi, va decidir anar amb ell. En silenci, van seguir caminant fins arribar a casa de Fran. Van tocar el timbre i, a l'obrir la porta, Thor va saltar a sobre de Diogo, movent la cua amb alegria. No obstant això, a l'veure a en Jordi, es va aturar i el va mirar amb desconfiança, encara que li donava la sensació que alguna cosa havia canviat en ell.

Els seus ulls ja no reflectien la prepotència i insolència de sempre. Un cop a l'habitació, després d'un moment de silenci incòmode, Fran va prendre la iniciativa.

-Jordi, imagino que tens molts dubtes en relació al que ha passat, però la veritat és que no sé com explicar-t'ho. Tot això és una mica complicat.

Thor va decidir intervenir. Portava la caixa a la boca, que brillava. Una llum clara emanava del seu interior, omplint l'habitació d'una suau iridescència. Van treure d'ella un altre pergamí que Fran, aquesta vegada, sí que va poder llegir. Ho va fer en veu alta, perquè els seus amics ho sentissin.

-La caixa autoritza a explicar la seva història tan sols a les persones de bon cor i que decideixin fer el bé. Per a això, tots hem de passar una prova i fer un pacte d'amistat i fidelitat. Cada un, per torn, ha de posar la seva mà esquerra sobre la caixa perquè aquesta pugui llegir la seva energia i la seva aura.

Després d'aquesta lectura, la caixa decidirà si és digne de confiança i pot compartir amb ell els seus secrets i ensenyaments. Si no és així, immediatament s'esborrarà tot record en relació amb ella que pogués haver-hi en l'individu en qüestió. Està tot clar? -va preguntar Fran als seus amics.

El primer torn va ser per Diogo. Amb els ulls tancats va estendre la mà sobre la caixa, que va començar a brillar amb una tènue llum verda que va embolicar a l'infant. La caixa es va introduir en la seva ment i va començar a transmetre un missatge: «Diogo, ets un bon nen.

El verd reflecteix la teva puresa i innocència. Tots tenim característiques i sentiments que defineixen el nostre interior. Hem de potenciar aquests bons sentiments i treballar per transformar els mals en emocions positives. Tu ets capaç de fer el necessari. Ara, mira ... ».

La caixa va projectar davant Diogo una sèrie d'imatges. Es va veure a si mateix corrent entre els soldats, salvant al Jordi. De la caixa van començar a aflorar traços de colors més vius i Fran i Jordi van mirar com inundaven l'habitació i envoltaven Diogo.

A l'verd li van seguir el groc i un vermell viu que de forma progressiva va intensificar el seu fulgor. Darrere seu, un blanc lluminós tancar a tots els altres colors i va inundar tot el lloc.

Thor, meravellat de poder distingir colors per primera vegada a la vida, va gaudir de cada moment de l'espectacular esdeveniment.

-El groc significa solidaritat i determinació -els va indicar el gos amb solemnitat-, el vermell valentia, i un dels més importants és el blanc, que representa l'amor pel proïsme. - Thor va tornar el seu cap cap al noi-. Diogo, la caixa accepta la teva pacte d'amistat.

Va arribar el torn de Jordi. Aquest, bocabadat encara, no creia possible el que estava veient. Així i va estendre la mà sobre la caixa i va tancar els ulls. Un blau fort va començar a emanar suaument de la caixa; semblava ballar sobre l'habitació, detenint sobre Jordi i embolicant-.

La caixa també va començar a parlar a l'interior de la seva ment, dient: «Veig tristesa i solitud en tu. Tens amics, però fins i tot així el teu cor se sent sol i incomprès. Ells únicament ajuden a treure el dolent que nia en el teu interior».
Jordi es va veure a si mateix fent mal als altres, més petits i indefensos.

Ho feia a l'escola i al carrer. També va veure com maltractava Diogo en el seu primer dia de classe. A l'exterior, el blau es va transformar en morat, mentre Jordi es va veure observant al seu pare a la feina. La seva cara reflectia cansament.

.

El noi va acompanyar al seu pare en tota l'extensa jornada laboral i va poder observar per primera vegada el dur que treballava cada dia. Durant el temps de descans, el seu pare i els companys van seure a berenar i ell no va parar de parlar del Jordi i del que preocupat que estava pel seu comportament i rendiment a l'escola.

Els va dir que estimava molt al seu fill, però que no sabia com acostar-s'hi sense discutir. Una llàgrima va relliscar per la galta de l'infant i una llum blanca i lluminosa embolicar a tots.

-Jordi, el blau ha canviat a morat, reflectint l'empatia que et feia falta -li va indicar Thor-. Després va donar pas a el blanc de l'amor, l'amor que sents pel teu pare; no has estat bo en el passat, però ara tens una oportunitat de treure de tu el millor.

No la perdis, estaràs a prova -li advirtió-. Per cert, Fran, ja pots explicar la història -va afegir Thor dirigint-se a la seva amo-. Acabem de fer un pacte d'amistat i confidencialitat. Jo vaig a veure què hi ha per la cuina, que tant d'esforç m'ha donat gana.

El gos es va allunyar movent la cua mentre jugava amb la seva corda favorita, tirant cap a on podia i corrent darrere d'ella, per després agafar-la amb les dents i tornar a llançar-la, una i altra vegada.

CAPÍTOL 5

SENTIMENTS NOUS

Jordi va tornar a casa seva. En el seu cap encara sentia emoció i incredulitat sobre el que acabava de presenciar. La història de Fran era difícil de creure, però ell havia tingut oportunitat de viure-la, per la qual cosa no podia dubtar de la seva veracitat.

El seu pare encara no havia arribat, així que el noi va decidir fer alguna cosa per no barallar-aquesta vegada amb ell. Va pensar que potser podria començar per ordenar el seu dormitori i es va posar a això. No s'havia fixat que tenia moltíssimes coses tirades per tot arreu.

«Quina desordre! -es va dir per a si-. Igual és bo això d'arreglar l'habitació i trobar alguna cosa que t'agrada i pensaves que t'havia perdut ». Mentre escoltava la seva música preferida i ordenava el quart, va sentir el intèrfon de la porta.

Va ser a obrir i era l'Enric, que venia a per ell per anar a el parc. Sense saber exactament el perquè, va mentir al seu amic dient-li que estava castigat i que no podia sortir. La veritat és que avui no tenia ganes d'anar al carrer a fer tonteries amb els seus amics de sempre.

A l'estona la seva mare el va cridar perquè baixés a sopar. El oloreta del menjar va fer que li entrés molta gana, però abans d'anar volia acabar-ho tot, ja que es trobava amb ànims i no li venia de gust passar una altra tarda ordenant, tot i que li agradava com es veia la seva habitació ara.

Per fi va deixar tot al seu lloc, i un cop passat l'aspirador a la catifa, va baixar a dinar. La seva mare havia preparat un trinxat, una de les seves menjars preferits. Va ser agradable, ja que feia molt que no parlaven durant el sopar.

Ell va estar preguntant coses a la seva mare i germans i de sobte la casa es va omplir de rialles. Només faltava el seu pare perquè la situació fos perfecta.

Ja era tard quan va sentir el soroll de les claus a la porta. Era ell, arribant de treballar. Va escoltar com obria la nevera i després els seus passos per l'escala; sense saber per què, es va fer el dormit. Normalment Jordi sempre era al llit quan ell arribava, però aquell dia va sentir obrir suaument la porta i va escoltar al seu pare parlant en veu baixa.

-Mare meva, ¿què ha passat aquí? Com és que això està tan net? -El seu pare es va acostar al seu llit, li va acariciar el cap i va apagar la llum. «És estrany no ensopegar a l'entrar per culpa dels trastos tirats per al mig», va pensar l'home, ja que era una cosa que solia ocórrer-cada nit, quan entrava a veure si el seu fill estava bé i apagar la llum de l'habitació-. Bona nit, fill -va xiuxiuejar.

Després va sortir de l'habitació, tancant la porta molt a poc a poc.

Jordi es va sentir content perquè no sabia que el seu pare anava a veure-ho cada nit, a l'arribar de la feina. El noi, a l'acabar de dinar, sempre pujava a la seva habitació i es ficava al llit amb els auriculars posats fins que s'adormia, ja que gairebé sempre s'havia barallat amb la seva mare o germans.

No obstant això avui havia estat un gran dia; li havien passat només coses bones i potser estava equivocat i el seu pare encara ho volia, com quan era petit, el que li va fer sentir com un caloreta al pit. Aquella sensació agradable el va bressolar fins adormir-se.

Va arribar un altre dia més de col·legi i els nens anaven entrant, xerraires, com cada dia. Jordi va arribar a l'entrada i allà es trobaven Enric i els seus amics, a l'aguait com sempre, esperant que les seves víctimes s'aproximessin a ells. Es va quedar allà un moment parlant amb ells fins que van aparèixer Diogo i Fran.

-Eh, mira! Anem a per ells -va dir l'Enric.

-No, no farem res -va replicar Jordi alhora que li contenía-

.

El meu pare m'ha posat un bon càstig pels meus notes i he de comportar-me per un temps. No puc rebre més amonestacions o em expulsaran de l'escola. A més, penso dir-li a Fran que m'ajudi a estudiar, així que deixeu-los en pau que em convé de moment.

Ja a classe d'història, la professora va començar a revisar els avenços de la feina que els havia encomanat per fer a casa.

Per variar, Jordi no ho tenia fet, i va posar com a excusa que el company que li havien assignat estava malalt i no assistia a classe feia molts dies, de manera que la professora li va manar incorporar-se a l'equip que formaven Fran i Diogo.

Ella sabia el problemàtics que eren Jordi i els seus amics, de manera que tractava de mantenir-los separats. Potser seria una bona oportunitat perquè creés llaços amb altres nois.

La mestra era conscient que Jordi era un líder en la classe i s'esforçava per guanyar-se la seva confiança i empatitzar amb ell. Ja anteriorment li havia encomanat ser un dels seus ajudants per rebre els dibuixos per al concurs de pintura i història que tindria lloc a l'escola.

Durant un temps ell se'ls havia fet arribar degudament etiquetats amb nom i curs i semblava que a el noi li havia encantat la idea, doncs mai li havien demanat una mica de responsabilitat i l'hi havia pres seriosament, però després d'unes setmanes va tornar a perdre l'interès i va deixar de dur a terme la tasca de demanar els dibuixos.

A la tarda, Jordi i Diogo van quedar a casa de Fran per seguir amb el treball d'història; a més estudiarien matemàtiques, ja que a l'endemà tenien un examen. A Fran se li donaven força bé, així que seria de gran ajuda.

Un cop els expliqués alguns conceptes de l'assignatura començarien amb el treball d'història.

La mare de Fran, abans d'anar-se'n a treballar, va deixar fets una xocolata calenta i uns rics brioix per a ell i els seus amics. A la dona li agradava molt que el seu fill portés companys de l'escola a casa i més si era per estudiar, ja que confiava plenament en ell i sabia que era un bon noi i que no faria tonteries.

Els xavals es van posar mans a l'obra amb els estudis i després d'una hora de mates, amb ànim de descansar una mica el cap, van aprofitar per berenar i van començar amb el treball d'història. Thor portava ja una bona estona donant voltes a veure si li queia una mica de brioix i l'olor de xocolata el tenia boig, si bé era cert que els gossos no havien de menjar dolços.

Quan era cadell es va cruspir, sencera, una tauleta que va aconseguir agafar; des de llavors s'havia convertit en un addicte a elles. Ara, cada vegada que sentia l'olor, se li feia la boca aigua i començava a salivar així que va esperar pacientment que els nens s'anessin a la sala d'estar per veure si podia agafar una mica de la taula.

Fran, Jordi i Diogo van seure a la catifa per començar a parlar d'història i veure fins on arribaven amb la feina. No recordaven tot bé, ja que durant les seves aventures no havien anotat les dates.

Tot d'una va aparèixer Thor llepant-i amb la boca plena de xocolata.

-Us vau quedar en l'any 714, amb els visigots que havien envaït Andorra i que van ser expulsats pels musulmans.

No recordeu que vam estar allà? -va dir en to de retret-. Voleu que segueixi? -va afegir fent-se l'interessant.

-¡Síiii! -van respondre els nens a cor.

-Podria portar-vos una altra vegada, però primer em doneu una mica de xocolata. -El gos els va mirar de reüll mentre caminava amb la cua recte, marxant com un cavall de desfilada.

-No! -va contestar Francesc. Això és xantatge, ia més la xocolata no és bo per als gossos.

-Bé, llavors a la biblioteca hi ha enciclopèdies. Adéu!

-va dir Thor de forma sarcàstica. Després va començar a caminar pel passadís a pas ràpid, molt contrariat.

-Jo tinc una tauleta petita, et dono una mica sol -li va oferir Diogo.

El gos, com impulsat per un ressort, va retrocedir i va saltar a la banda de el noi. D'un mos li va treure el tros de la mà.

-Quina alegria! -va dir relamiéndose-. Bé, a la feina. Veniu aquí, Agafeu-vos de les mans i tanqueu els ulls.

Van despertar de cop i volta. L'aterratge havia estat una mica brusc, caient uns sobre d'altres, encara amb les mans agafades. Es van sacsejar la terra i van mirar al seu voltant. No sabien on es trobaven, però era una vall típic, com qualsevol altre dels Pirineus.

Thor va sacsejar el seu cos amb força per lliurar-se de les restes de terra, fent sonar les orelles.

-Ho sento -va dir el gos-. Encara no controlo bé això; en realitat no sé com es fa. Només passa quan les idees em vénen al cap. Aquest és la vall de Querol en l'any 788.

Si no m'equivoco, aquí va estar Carlemany -va indicar amb aires de sapiència absoluta-. Seguim caminant i aquesta vegada serem curosos, no ens involucrarem en cap escena que puguem presenciar. A poc a poc i atents a amagar-nos si alguna cosa passa.

A l'poc temps de caminar, van començar a sentir el fragor d'una batalla: entrexocar d'espases, crits i renills de cavalls.

Thor tenia raó; allà, a lloms d'un cavall, van poder veure un home ros, alt, corpulent i de coll excessivament gruixut, camisa de lli i calçons de el mateix material i una túnica amb passamans de seda; embolicava les seves cames amb polaines de tires de cuir i portava sobre les espatlles i pit pells de foca i marta.

56

Fran va pensar que per ser un emperador no semblava res ostentós. El soroll i la cridòria el van tornar a la realitat i ell i els seus amics van córrer a amagar-se en un lloc allunyat i segur, des d'on poder observar el que esdevenia.

Tot d'una un cavall es va acostar a ells a tot galop. Un soldat de l'exèrcit de Carlemany anava muntat sobre l'animal, doblegat sobre la cadira. A l'saltar un petit rierol el genet va caure, llançant un grunyit de dolor. El cavall es va aturar a la banda de l'home i va començar a esbufegar, com instant-lo a aixecar-se.

Els nens van observar l'escena al lluny, encara amagats, i sense saber ben bé què fer.

-Hauríem ajudar a aquest home, està ferit -va proposar Fran als altres-. Anem a veure què podem fer per ell.

Es van acostar cautelosament, amagats per no ser vistos pels altres soldats. El genet era a terra, ensangonat, i Fran es va inclinar sobre ell.

Tot d'una l'home ferit va agafar a el noi pel braç.

-Tens d'anar a demanar ajuda! -li va dir amb la cara arrugada pel dolor-. Els àrabs estan guanyant, agafa el cavall i veu a demanar reforços.

Fran, molt espantat, tenia la cara blanca.

-No sé on hauria d'anar! -va dir.

-Busca en els llogarets, aconsegueix gent, fes el que sigui necessari.

-El soldat de Carlemany es va quedar tombat, gaire-bé inconscient.

Els nois no sabien què fer. L'home semblava po-sar-se pitjor a cada moment i el cavall renillava, com ficant pressa perquè prenguessin una decisió.

-No podem anar tots a cavall -va observar Fran.

-Jo sé muntar -va dir Jordi-. El meu pare em va en-senyar, solíem cavalcar junts quan jo era petit. Ell treballava per a un hotel que ofereix cavalcades als turistes així que jo podria anar.

Tu queda't amb el soldat i amb Diogo -va afegir Jordi mirant a Fran-, intentaré tornar el més ràpid possible. Anem, Amagueu!

Fran va estar d'acord i va demanar a Thor que acom-panyés a Jordi. Mentrestant, ell i Diogo van arrossegar a l'home per amagar després d'uns gruixuts matolls, tractant de fer pressió a la ferida per evitar que es dessagnés.

Van recordar haver vist una pel·lícula en la qual feien un torniquet a un ferit amb un cinturó, així que li van col·locar el de Diogo en la ferida de la cama, que semblava ser la més gran. Jordi muntava a tot galop darrere de Thor, que per alguna raó semblava conèixer tots els camins de la regió. Van arribar a l' vall del riu Valira, on van trobar a un home anomenat Marc Almugàver.

Li van explicar el que havia passat i la veu es va córrer ràpidament. Un grup d'homes va anar a buscar als seus amics i a el soldat ferit. A l'hora foscant havien aconseguit ajuntar cinc mil cinc-efectius disposats a barallar, que es van dirigir cap a Pimorent i Campcardós, per ajudar els exèrcits de Carlemany a lluitar contra els sarraïns.

Els nens van decidir ajudar a treure els ferits de el camp de batalla, i després de moltes hores de lluita es va aconseguir el triomf sobre l'exèrcit musulmà. L'emperador, agraït, va atorgar la seva protecció a Andorra i la va declarar poble sobirà; a més, Carlemany va donar els delmes i altres drets als bisbes d'Urgell.

Thor els va explicar als nens que existia una carta de la fundació d'Andorra, que es conservava a l'Arxiu de Principat, atorgada per Carlemany al seu fill Lluís, que no acceptaven tots els historiadors perquè va ser redactada en una època molt posterior.

Aquest document afirmava que els andorrans eren tributaris seus, tot i que no havien de pagar més que «un peix» com a impost, una mena de tribut simbòlic, que feia referència a les meravelloses truites de el Riu Valira. I així, l'any 817, Andorra, com l'Urgell i la Cerdanya, passarien a dependre de la sobirania carolíngia.

Era hora de tornar. Una altra aventura en el temps, gràcies a la misteriosa caixa, havia conclòs. Els nois van tornar contents d'haver estat útils. Jordi també pensava que havia fet el correcte a l'anar a demanar ajuda i se sentia diferent, ple de satisfacció; començava a entendre que era molt millor fer el bé de dedicar tot el dia a fer males passades i molestar els altres.

Aquesta nova sensació, que li omplia de benestar, començava a agradar-li molt. Va caminar cap a casa, cansat, brut i amb gana.

Va obrir la porta i va entrar silenciós per evitar que la seva mare se n'adonés, accedint directament a la seva habitació. Va agafar roba, es va dutxar i després ficar tot a la rentadora, abans que la seva mare veiés la sang i es preocupés.

S'havia tacat ajudant els ferits i fins ara no s'havia adonat, El seu pare, aquell dia, va arribar aviat a casa. Jordi es trobava en aquell moment al traster i l'home, a l'escoltar-lo, va baixar a veure-ho, saludant-content i dient-li que el felicitava per haver ordenat la seva habitació.

-La veritat és que m'ha sorprès molt que ho fessis!

-li va confessar el seu pare.

Van conversar de forma amena com feia molt que no ho feien i el pare li va preguntar a Jordi si volia acompanyar-lo a repartir unes coses amb la furgoneta, ja que tenia un encàrrec extra que havia aconseguit.Jordi va acceptar, content. Estava cansat però tenia ganes d'allargar aquell bon moment amb el seu pare; tots dos van pujar les coses a el vehicle i van emprendre la marxa junts.

Aquell havia estat un dia atrafegat: les hores d'estudi, l'aventura en temps de Carlemany al costat dels seus amics ..., però el més important, sens dubte, havia estat sortir amb el seu pare. Jordi es va sentir igual de content que quan era petit.

CAPÍTOL 6

UN DIA D'ESQUÍ

Els dies següents van transcórrer amb molta calma. Jordi i Diogo seguien anant a casa de Fran per estudiar amb ell, i des que allò passava les seves notes havien millorat bastant, el que havia a el pare de Jordi molt content. El noi sentia que volia seguir així perquè feia molt temps que no veia al seu pare tan animat.

Un dia fins i tot li va dir que la següent jornada que lliurés pensava sortir amb ell i amb els seus amics i portar-los a les pistes d'esquí.

Va arribar el dia assenyalat i Jordi estava molt content. Hi havia convidat a Diogo i Fran a anar amb ells, ja que aquell dia no tenien escola. Es van aixecar molt aviat, van esmorzar i van partir cap al Tarter. Fran encara no coneixia aquelles parròquies, ja que així es deien les demarcacions a Andorra.

Al principat, el territori es dividia en parròquies a l'igual que en altres llocs els països es dividien en regions, ciutats, pobles, etc.

«Andorra compta amb una carretera general que recorre des de la frontera amb Espanya fins a la frontera amb França, el que la converteix en una mena de pont entre els dos països», els explicava el pare de Jordi als nens, ensenyant-los un mapa perquè el comprenguessin millor.

Van arribar a El Tarter. Fran no parava d'admirar aquells edificis que més aviat semblaven les cases de camp d'algunes pel·lícules, amb totes les seves façanes cobertes de pedra i els balcons de fusta, tots molt ben cuidats i que semblaven acabats de pintar, tot i la neu i les inclemències de el temps.

Van pujar a les pistes molt contents, si bé ni Fran ni Diogo dominaven molt bé l'esquí, que alguns, com Jordi, aprenien a les classes de l'escola. A aquest últim li encantava el so de la fricció de la neu amb els esquís, i la sensació de llibertat que donava el fet de desplaçar-se sobre ells a tota velocitat.

Malgrat que Fran i Diogo no estaven molt habituats a allò, el pare de Jordi sempre els esperava. Jordi, a canvi, es movia com peix a l'aigua. «Com es nota que va néixer en aquestes muntanyes! pensava Francesc.

L'esquí per a ells comença gairebé tan aviat com puguin posar-se dempeus ». Fran i Diogo van observar al seu recent amic lliscar veloçment, fent salts en cada monticle que trobava. Al migdia el sol va deixar sentir els seus tebis rajos.

Fran gaudia de les vistes; li semblava bonic aquell mantell blanc que ho cobria tot; es va ficar al llit sobre la neu per descansar mentre observava el cel d'un blau intens, tacat de núvols blancs que es movien formant una gran bola. El pare d'en Jordi el va treure de la seva embadaliment i els va cridar per anar a dinar.

Després del dinar els va portar a fer múixing, un passeig en trineu tirat per gossos a través dels boscos. Diogo i Fran van pujar a un vehicle amb un guia, i Jordi i el seu pare en un altre dels trineus, però ells sols. Diogo pensava que, al capdavall, les coses estaven millorant per a ell. Ja tenia dos amics en qui confiar i ja no es sentia sol; estava impressionat, ja que mai va pensar que Jordi, la principal causa dels seus problemes a l'escola, arribaria a ser un bon amic.

«Serà veritat que la gent pot canviar i treure el millor de cada un si s'ho proposa ...», va pensar mentre el trineu recorria els bells paratges entre els arbres.

-Quina sensació més increïble, aquesta d'anar gairebé arran de terra i sentir com llisca el trineu en les corbes! -li va dir a crits al seu amic Fran.

Diogo anava assegut davant, perquè com era més petit, Fran va decidir que així podria veure millor el paisatge. Diogo mirava als gossos i li cridava l'atenció l'ordre i l'obediència amb que seguien les ordres de l'guia; fins i tot una gossa femella que portava a un cadell al seu costat, per ensenyar-li.

El guia els va explicar que alguns gossos havien estat recollits del carrer i entrenats per donar-los una segona oportunitat. Es veia que aquells animals.

Estaven molt ben cuidats i eren molt amistosos, perquè quan van acabar el recorregut van anar a acariciar-los i donar-los abraçades i els gossos van respondre de forma afectuosa.

Jordi va arribar uns segons després, amb el seu pare, que venia guiant un dels trineus. Pensava en el feliç que se sentia per haver sortit amb ell després de tant de temps; definitivament aquell dia havia estat genial.

CAPÍTOL 7

FENT DEURES

Després d'un altre dia de classe els nois es trobaven una mica cansats, però contents pel passeig que estaven donant junts. Com havien sortit aviat de l'escola, Diogo i Jordi es van acostar a casa de Fran.

Ja havien acabat el període d'exàmens, així que podrien avançar en el seu treball d'història. A final de curs, cada grup exposaria la seva investigació sobre els segles passats i llegendes d'Andorra.

Van berenar unes torrades amb tomàquet. A Fran aquell invent dels catalans li agradava molt; a del principi no estava acostumat a el gust fort de l'oli d'oliva, però ara li encantava, més encara si l'acompanyava d'unes rodanxes a el tall de el ric pernil ibèric que la seva àvia havia portat d'Extremadura.

Ara sí! -va exclamar Diogo-. Bé menjats i amb la panxa plena es pensa millor! Comencem ...

Es van asseure a la catifa i van començar a revisar en quin període de la història s'havien quedat l'última vegada. Els tres estaven una mica perduts i no sabien per on seguir.

En això va arribar Thor, molt astut i esperant el seu moment. «Això de tenir tanta saviesa ha de servir d'alguna cosa», va pensar el gos. Després es va dirigir als nois.

-Algú vol ajuda?

-Sí, Thor, si us plau ... estem liats i no sabem per on seguir -li va dir Francesc. Això dels coprínceps és una mica embolicat ...

-Bé, abans de començar i, per pensar millor i ordenar les meves idees, potser, ehm ... una miqueta de pernil de la teva àvia em podria ajudar. -Thor va treure la llengua fora, bavejant i mirant al seu amo amb cara de murri.

-Això és un xantatge en tota regla -va respondre Francesc, però et donaré una mica. Tot seguit li va llançar un bon tros de pernil que l'llaminer de Thor va agafar en l'aire, movent la cua de content.

-Ja està, ara sí -va concedir Thor-. A veure com us explico ... Vinga, Agafeu-vos de les mans!

Tot d'una ja no hi eren, com fins feia uns instants, a casa de Francesc.

-¡Guardad silenci! -els va advertir el gos-. Estem a l'interior d'una important catedral de la nostra regió. Si recordeu, ens vam quedar en la victòria de Carlemany sobre les tropes sarraïnes -els va recordar-. Doncs bé, a partir d'aquell moment, Andorra va passar a pertànyer a l'imperi carolingi.

Durant el regnat de Carles el Calb, es va desmembrar dit imperi i aquest rei va cedir Andorra a Sunifred I, comte de Cerdanya i Urgell.

»En aquell moment es refan les comarques dels Pirineus. El primer document indiscutible respecte a la història d'Andorra és l'Acta de Consagració i Dotació de la Catedral de la Seu d'Urgell, on per primera vegada es cita la vall d'Andorra i la seva divisió parroquial com a dependents d'aquella diòcesi, a el mateix temps que es confirma la relació religiosa amb la Seu d'Urgell. I aquest document és aquí, ¡precisament en aquest lloc!

»Al llarg d'aquest segle i el següent, mitjançant compres o permutes, els successors dels comtes d'Urgell van ampliar les seves propietats a Andorra. El comte Ermengol VI d'Urgell va cedir a bisbe Pere Berenguer i la catedral d'Urgell tots els drets que tenia o pogués tenir sobre les Valls d'Andorra "a perpetuïtat i sense cap reserva".

També es va ordenar als habitants de les Valls jurar fidelitat a bisbe i als seus successors, i observar puntualment els seus deures de bons vassalls. El domini territorial dels bisbes d'Urgell es va transformar llavors en una senyoria episcopal.

»Però en realitat, la història comença en l'any 1278 -va indicar Thor posant-se molt tieso-. Les terres d'Andorra en aquell moment pertanyien a l'Bisbe d'Urgell i estaven sota la protecció de el Comte de Foix, un noble francès.

Aquí es va signar el primer Pareatge, que és un tractat on diu que el domini serà compartit per aquests dos senyors dels alts estaments feudals; després es va rubricar un segon Pareatge, deu anys després, que prohibia a tots dos mandataris fortificar el territori.

Posteriorment la casa de Foix, a França, va anar guanyant poder unint el títol de comte de Foix a el del rei de Navarra, i és en aquest precís moment quan el lloc on vivim es comença a cridar Principat d'Andorra. Posteriorment, Henri III de Navarra es va coronar Henri IV de França i, a partir d'aquell moment,

De sobte, una veu els treu de la classe mestra de Thor.

-¡¿Quién camina aquí ?!

Tots van arrencar a córrer, però no coneixien el lloc i no aconseguien trobar la sortida. El guàrdia els va seguir els passos, ja que els seus superiors li havien advertit que no havia d'haver intrusos en aquell lloc, en el qual es guardaven preuats tresors i documents.

Els nois i el gos es van amagar en silenci després d'unes columnes i van esperar, envoltats per la foscor, al fet que el soldat es cansés de buscar-los. Tot d'una a Diogo li va caure la llanterna i l'home va córrer cap a ells, tractant de atrapar-los.

Tot d'una, Thor es va acordar que no necessitaven buscar la sortida i va saltar sobre els tres, portant-los de tornada a casa.

69

-Per què no ho vas fer abans? -li van recriminar els tres, espantats per l'incident.

-No ho sé! -va replicar Thor contrariado-. Serà el costum de sortir corrent per escapar de la plantofa voladora quan la teva mare m'agafa sobre de la taula.

-Bé, ja és tard ... crec que serà millor que descansem i seguim demà -va suggerir Fran-. Però gràcies, Thor, ja que aquesta vegada crec que ens ha quedat clara tota aquesta part de la història d'Andorra.

CAPÍTOL 8

UNA CLASSE DIFERENT

Avui serà un dia molt entretingut», va pensar Fran, ja que una de les companyes de l'escola estava d'aniversari, i la seva mare va preguntar a la professora si podia dedicar cert espai de temps de la jornada escolar a celebrar un petit berenar; la mestra ho va autoritzar.

Van començar la classe com de costum i, a la fi, durant l'última hora, la professora els va deixar organitzar la celebració. Van posar les taules en cercle i van passar una estona agradable conversant entre tots, fins que la mestra els va interrompre.

-A veure, nois, un minut d'atenció -els va dir-. Aprofitaré aquest moment per parlar amb vosaltres d'un tema que als professors de l'escola ens té molt preocupats. Ens hem adonat que, en repetides ocasions, alguns nois s'estan aprofitant d'altres, insultant-los i fent-los sentir malament. Vull demanar la vostra ajuda per aturar aquests abusos -els va demanar als nois-, ja que això no s'acabarà si no participem tots.

Enric i el seu grup es van mirar, rient burleta. De fet, ells s'havien assegut tots junts per tenir l'oportunitat de molestar a altres alumnes, aprofitant que la vigilància per part de professorat era menys ferma a causa de la celebració del berenar d'aniversari.

Jordi s'asseia amb ells, però ja no compartia els esplais i les hores lliures. Al·legava com a excusa que el seu pare el tenia en el punt de mira i que no volia que li tornessin a trucar des de l'escola per causar problemes. D'aquesta manera, evitava seguir participant en les fanfarronades que solien dur a terme els seus amigotes, de manera que l'Enric va passar a ser el nou líder del grup de matons.

Diogo, a l'escoltar la petició de la professora, es va posar vermell de por, perquè pensava que l'Enric i els nois potser creguessin que ell els havia acusat i que per aquesta raó el professorat estava a la diana de tot el que passava.

Tot d'una, va començar a sentir que les mans li suaven i li va embargar una sensació d'angoixa que li va pujar pel pit fins al cap, acelerándole el cor. També va notar aquell doloret de panxa causat pels nervis, que l'acompanyava cada dia quan veia el grup de brètols liderats per Enric dirigir cap a ell per insultar-lo i humiliar-lo.

A el principi va pensar en inventar-excuses per no anar a classe i demanar als seus pares quedar-se a casa; d'aquesta manera podria evitar els enfrontaments, però després els dolors van ser cada vegada més freqüents i va començar a preocupar-se

La por a anar a l'escola cada vegada es feia més gran; se sentia sol, volia sortir corrents d'allà però no se sentia capaç. «Sóc un covard, va pensar ... per això es fiquen amb mi, potser m'ho mereixo».
Fran es va adonar del que estava succeint pel que fa posar els seus ulls a la cara de Diogo, així que li va posar una mà a l'espatlla i li va dir:

-Tranquil, estem junts en això. Ets el meu amic i no es tornaran a ficar amb tu. Estic segur, a més, que Jordi ens donarà suport -va afirmar Fran amb seguretat-. Ara és quan has de ser valent perquè podem, entre tots, guanyar-los als que es creïn més forts. Ells són uns quants i nosaltres tot el saló. És el moment de buscar, entre tots, una solució.

La professora va fer un dibuix a la pissarra i els va dir:

-Anem a dur a terme una «dinàmica», es diu Soterrani o balcó. -Separó en dos la pissarra ia la part de dalt va escriure

«Balcó», i en la de baix «Soterrani». A continuació va demanar als alumnes que li diguessin quines coses solien fer-los enfadar.

De seguida Enric va començar a interrompre l'activitat, fent soroll i dient tonteries.

-A veure, Enric, tu tens prou personalitat li va dir la professora-, el que sol ser un aspecte molt positiu. Potser si participes podries ajudar-nos, ja que els teus companys no s'atreveixen a parlar en veu alta d'aquestes coses.

Enric es va sorprendre, doncs pensava que ho anaven a manar fora de classe o que, com a mínim, es guanyaria un càstig.

-A veure, què he de fer? -va dir Enric alhora que encongia les espatlles i feia cara de desinterès.

-Digues quines coses en la teva vida quotidiana solen provocar que t'enfadis -va respondre la professora-. Pots començar, Enric ...

-Em senti molt malament que em parlin però que no m'escoltin, que alguns es creen millors que jo, que em facin sentir invisible ...

-Molt bé, Enric -va contestar la professora-. Moltes gràcies, ¿Algú més vol aportar alguna cosa?

Fran va aixecar la mà.

-Em fa enfadar el fet que molestin a altres sense raó i que les persones siguin racistes -aportó Fran.

-Molt bé -va confirmo la professora assentint amb el cap-. I tu, Diogo, vols contribuir amb alguna cosa també? -va afegir mirant de front a el noi nou.
Diogo va titubejar.

-Anem, desahógate -li va xiuxiuejar Fran a l'oïda-, és el moment de dir el que et molesta!
Diogo, per fi, es va anar aixecant de manera tímida ...

-Em molesta molt que em amenacin, que es burlin de mi, que em robin coses i em peguin sense raó -Diogo va deixar anar allò i es va sentir millor. «Increïble va pensar, ho he dit però encara em tremolen les cames, espero no m'esperin a la sortida per bocamoll».

-Molt bé. -La professora va donar la seva aprovació amb un gest i es va quedar mirant als nens-. Ara pensarem en com reaccionem per culpa de totes aquestes coses que fan que ens enfadem. També anem a decidir on col·locarem aquestes actituds: al balcó o al soterrani.

De vegades, quan alguna cosa ens s'enfada, de seguida vam baixar a l'soterrani sense pensar, emmurriats, plens de ràbia. Però en canvi, si ens donem un temps per poder decidir, en el seu lloc podríem anar a la balconada, que està sempre al nostre abast.

Depèn de nosaltres l'aprendre a controlar la ira; és una cosa normal sentir ira o estar enutjat, però hem de saber què volem fer amb ella. D'ara endavant seguirem treballant en aquest tema i entre tots solucionarem el problema. Penseu, a casa vostra, què podem fer cadascun de nosaltres per cooperar en això.

Quan van acabar les classes, Fran, Diogo i Jordi es van dirigir a casa de el primer. Al parc, de camí, es van trobar amb l'Enric i els altres nois, que els van tallar el pas.

-Que! Ja t'has canviat de bàndol, Jordi? -li va increpar Enric al seu antic líder-. Et vas passar a el de l'xivato aquest?

- va acabar de dir molt enfadat.
-No sóc un xivato -va dir Diogo-, jo no he dit res.

-Mira, Enric, la veritat és que em vaig avorrir d'estar tot el dia fent l'idiota com tu -li va etzibar Jordi-. Tot això que fas ja no impressiona a ningú i em vaig adonar que comportant bé assoliment l'atenció que volia i em sento molt millor, així que deixa els en pau i que cadascú segueixi el seu camí. I no et tornis a ficar amb Diogo -li avís-, que tu ja em coneixes enfadat ... ja saps, adéu.

CAPÍTOL 9

TARDA DE LLEGENDES

Era dissabte i tenien gairebé acabat el seu treball d'història. S'havien ajuntat per donar els últims retocs i van decidir sortir fora a prendre l'aire, tot i que encara feia fred. Es van abrigar i van agafar un trineu per divertir-se, aprofitant la neu que havia caigut feia poc.

Van estar una bona estona gaudint, llençant-una i altra vegada per la costa. Thor corria i saltava sobre d'ells, derribándolos de el trineu; li encantava córrer i botar sobre dels monticles formats per la neu, deixant-relliscar per les altures cobertes de blanc. Saltava, s'enfonsava i es rebolcava com una croqueta.

Després agafava neu amb la boca i el tirava com si fos una pilota.Ja cansats de jugar, van decidir seure i comentar els últims detalls abans de lliurar el treball d'història.

Fran recordava que al seu país es comptaven llegendes molt entretingudes i va decidir referir alguna als seus amics. També li va preguntar a Jordi si Andorra també posseïa llegendes i contes propis.

-Tinc entès que sí, que aquí a Andorra s'expliquen llegendes, però la veritat és que jo no em sé cap -va contestar.

-¡Hora de sortir! -va dir mentre tractava de frenar emprant els seus quatre potes. De forma precipitada caure a sobre dels nens, portant-se per davant. Van rodar els quatre per una petita costa i a l'acabar de girar van aparèixer en un altre lloc.

-¡Camina! On som? -va preguntar Diogo mentre observava al seu voltant amb els ulls com plats. No feia gens de fred, el dia lluïa assolellat i els arbres estaven plens de fulles-. Ha de ser primavera -va afegir-, perquè llueix un sol radiant. Molt em temo que avui les robes d'esquí ens van a sobrar.

Al lluny, prop d'una cascada, van observar una gran casa. Mireu, és una masia d'Auvinyà -va dir Thor-. Donarem una volta a veure què passa per aquí.

Van caminar pel límit de el camí i a l'estona van escoltar veus de persones, pel que van decidir amagar-se darrere d'un arbre. Es van adonar, per la vestimenta, que eren pagesos tornant a casa després de la feina.

A la fin va poder la curiositat i van decidir seguir-los per veure on vivien. Ocults entre la mala herba, a certa distància, van poder escoltar el que deien.

-Des que l'església es va atribuir el poder d'aquestes terres ja no som capaços de viure bé, estem esgotats -deia un mentre els altres assentien amb el cap.

-Només treballem per pagar els abusius impostos i no queda res per a les nostres famílies -va afegir una dona.

-Sí -va confirmar un tercer-, avui ja han d'estar per aquí, recaptant.

La nit es va acostar molt ràpid, així que els nens van decidir tornar cap a la casa. Pel camí, a l'arribar a bosc, van veure una bella dona vestida de blanc; la lluna es reflectia en el vestit que portava, que fa que la figura resplendís com la d'un àngel.

Els quatre van decidir de forma unànime no acostar-se, per no haver d'explicar d'on venien, vestits amb aquelles estranyes robes pertanyents a una altra època. Ajupits darrere d'uns matolls, van veure que la figura de la dona es va acostar, cantant amb una veu que semblava màgica. Tot d'una, pel camí, va aparèixer un home vestit de religiós, escortat per un grup armat ...

-Aquests vénen de recaptar els impostos a tots els pobres llauradors -va dir Thor amb seguretat-. Veieu tot el que porten? El que encapçala el grup és un bisbe de l'església. El grup d'homes anava muntat a cavall, seguit per una rècula de muls que transportaven diversos carros carregats de béns i estris que, de segur, haurien confiscat als pobladors.

El contingent seguia endavant quan, de sobte, la dona vestida de blanc va sortir d'entre els arbres i es va posar davant de l'religiós. Amb veu suau, però ferma, la figura es va enfrontar als homes i va començar a protestar en nom de la vila pels alts i abusius impostos que els obligaven a pagar. El clergue, enfadat i amb actitud prepotent, va enrogir per la ira i es va abalançar sobre ella.

Thor no va poder reprimir l'impuls i va saltar del seu amagatall, agafant amb les seves dents la capa d'el religiós. Fran va tractar de detenir-ho i, sense voler, el bisbe, Thor i el seu amo, es van veure teletransportados a el món en el temps actual.

Completament desorientat, l'alt càrrec religiós va mirar amb espant el lloc en el qual es trobaven i després va observar a l'infant i a l'gos. La seva cara va reflectir desconfiança i recel.

«Quina classe de maleïts bruixots són aquests? va pensar. I quin tipus de màgia era aquella tan poderosa que l'havia portat a aquell estrany lloc? ». Va sentir una brisa gèlida que li va recórrer el cos perquè la seva vestimenta no era l'adequada per a un dia d'hivern.

-I ara què fem? -li va dir Fran al seu gos.

-Hauríem apropar-nos a casa a per la caixa -va suggerir Thor-, i després li esborrarem tot record del que ha passat i el portarem de tornada, encara que es mereix que ho deixem aquí, per fred, cruel i avar. Però la caixa només ens deixa fer el bé ...

L'home els mirava, immòbil, sense donar crèdit al que estava passant. Es trobava en un lloc desconegut, davant d'un noi i un gos que parlava. Va fer el senyal de la creu i es va encomanar a l'Creador, encara que no estava segur que li perdonés totes les maldats comeses. Un soroll fort i molest li va sobresaltar i el va fer girar-se. Va contemplar una espècie de carro estrany amb llums, que es desplaçava rapidíssim i sense necessitat de cavalls, per una carretera.

-Una ambulància! -va dir Fran entre rialles a el veure la cara de l'religiós.

L'home va tornar a senyar demanant la protecció de Déu, perquè per a ell tot allò era cosa de bruixeria. Ho va fer sense estar molt segur de si el Senyor es la brindaria, ja que era molt conscient de tots els abusos que havia dut a terme.

Thor va tornar de casa de Fran amb la caixa penjant de l'musell. El noi va posar la mà d'bisbe sobre ella i la caixa va començar a emetre colors negres i grisos, tancant-se abruptament. A més els va parlar, demanant-los que tornessin a aquell ser malvat on corresponia, ja que havia de pagar pels seus pecats.

El gos li va posar la pota a sobre a l'home, que no encertava a fer res fora de perill balbucejar coses sense sentit i Fran es va subjectar de el collaret de Thor. Tots dos van tornar a el bosc d'on havien sortit i allà ja no quedava ningú. Diogo i Jordi no estaven amb ells així que, preocupats, van decidir deixar a l'home en el camí.

A l'sortir de la foscor, gràcies a el reflex de la lluna, es van adonar que els cabells de l'bisbe s'havia tornat totalment blanc, ple de cabells blancs i la seva pell havia envellit. Thor va pensar que allò havia estat causat pel viatge cap al futur, i el bisbe, desorientat, va emprendre rumb cap a la seva església.

-Em temo que hem comès un error i hem pogut canviar la història -va dir Thor amb cara de preocupació-, però el rar és que la llegenda explica que el bisbe es va trobar amb la dama de blanc, es va ficar a l'interior de bosc i després va aparèixer desorientat i amb el cabell completament blanc. Com va poder succeir això en la llegenda si nosaltres no havíem estat aquí abans?

-Ara l'important -li contesta Fran- és trobar a Diogo i Jordi. Anem a la casa, potser algú els hagi vist.

Es van acostar sigilosament a la porta de la casa, protegits per la foscor de la vegetació. Des de l'interior els van arribar veus animades i Thor va reconèixer la veu de Diogo. Però més que res, el que el va animar a colpejar la porta amb la cua va ser l'olor de guisat que sortia procedent de la casa.

La dama de blanc els va obrir la porta i els va convidar a passar; també els va servir un plat de greda amb menjar, que Thor no va dubtar a devorar. Diogo i Jordi li van explicar que venien d'un llogaret situat molt lluny i que anaven de pas.

Ella els va oferir quedar-se a passar la nit, ja que vivia sola des que el seu pare havia mort. Fran li va agrair l'hospitalitat i li va dir que havien de partir, però que un altre dia passarien a veure-la de nou.

Van tornar tots a casa, però van quedar en tornar a veure el següent dissabte a la tarda, viatjar de nou a l'passat i comprovar com havia acabat tota la història. Així ho van fer el dia assenyalat.

Només arribar, van poder constatar que havien
aterrat al mateix lloc de la vegada anterior. Van veure un
parell de pobladors que caminaven per fora de la casa de la
dama de blanc, conversant sobre com l'església deia que allà
vivia una bruixa considerada heretge i que aviat, segons es
comentava en el lloc, el poder eclesiàstic la faria pagar pels
seus pecats.

Els nens van passar per casa de la dona, però no
la van trobar. A l'sembla no hi havia ningú feia dies. Van
preguntar als vilatans també, però ningú l'havia vist. Segons
els van explicar, algunes persones es van adonar que la dona
ja no hi era i l'hi havien comunicat a l'bisbe, que va decidir
tornar a Andorra aquella mateixa nit i mai més va aparèixer.

També els van advertir que tinguessin molta cura
perquè des d'aquella data havia aparegut un llop negre i
ferotge per aquelles terres i ja havia acabat amb la vida de
molts.

Els que s'havien lliurat comentaven que els seus
ulls tenien una mirada tenebrosa i agressiva, i que el seu sol
contacte provocava una esgarrifosa sensació que algú inte-
l·ligent et mirava des de l'interior de la fera.

Els nens es van estremir amb aquella història. Ja
estava fent fosc i de sobte van veure acostar-se a un grup de
persones en direcció a bosc. Malgrat que estaven una mica
espantats la curiositat va ser més poderosa, de manera que
van decidir seguir a el grup.

.

Un síndic havia organitzat una expedició de caça per acabar amb el llop que estava atemorint a totes les viles i nuclis de població de la comarca.

Thor, de sobte, es va posar al capdavant de el grup amb el morro a terra, olfateándolo tot. Els nois es van mirar impressionats perquè no volien apropar-se molt i es van col·locar a reraguarda de el grup, prou lluny per estar segurs que podrien seguir els esdeveniments, però sense córrer cap risc.

La nit ja estava cobrint amb el seu mantell al bosc, i les ombres dels arbres van començar a allargar-se, dibuixant formes estranyes i lúgubres; una estranya tensió se sentia en l'aire i els nens van notar que un calfred els recorria tot el cos.

Tot d'una, Thor es va parar en sec, apuntant amb el seu musell en direcció a uns matolls. Abans que els homes poguessin preparar-se, un gran llop negre va sortir des de darrere dels arbustos, saltant sobre el gos i donant-li un gran cop que el va llançar lluny d'on era.

El grup de caça va envoltar a l'animal, que els mirava amb els ulls vermells i plens d'ira. La seva gran boca deixava veure els enormes dents i bavejava de ràbia, grunyint i acostant-se a ells.

Fran no s'atrevia a córrer cap a l'altre costat per comprovar l'estat del seu gos; tenia por, però alhora no volia deixar sols a Jordi i Diogo, així que va agafar una mena de llança d'un dels homes abatuts per defensar-se en cas que el llop optés per anar cap a ells, encara que sabia que ell sol no aconseguiria fer molt de mal a aquella bèstia furiosa.

Thor s'havia aixecat, coixejant, i es va apropar als nens, col·locant davant d'ells per protegir-los. Va mirar el llop de forma agressiva i va bordar, furiós. Fran, a l'veure'l apropar-se, es va sentir més alleujat; si les coses es posaven molt malament el seu gos els portaria a casa ràpidament.

El llop propinava grans urpades als homes que se li acostaven i després d'uns intensos minuts de baralla va quedar completament envoltat. El síndic que va organitzar la cacera per fi va poder abatre.

Els homes, contents i cansats, es van sentir alleujats a l'veure a l'animal jaient a terra; fins i tot així, un ambient lúgubre seguia regnant aquella nit en el fosc bosc.

-Anem a casa! -va exclamar Thor-. Massa emocions per avui. -Lamiéndose la pota i queixant-se de dolor de costelles mirar als nois per si donaven suport la seva proposta-.

A veure si li dius a la teva mare que em porti a l'veterinari, encara que no m'agrada ... però aquesta vegada crec que ho necessito. Els nois ho van abraçar i van tornar a casa, cansats i encara amb la por i l'emoció en el cos, però sans i estalvis.

Fran es va quedar sol a la seva habitació, pensant en com explicar les ferides de Thor a la seva mare i demanar-li que el portés a un veterinari.

-Penso que no hauries de haver-te avançat, Thor li va dir el noi-, va ser un acte valent, ho reconec, però també molt estúpid.

-Em sap greu, sóc un gos de caça. -va respondre el ca amb cert mal humor-. No vaig poder evitar que el meu instint em impulsés a seguir el rastre d'aquell llop impur, encara que estic d'acord que podria haver-vos posat en perill.

Si no hagués estat capaç d'aixecar-me no podria haver arribat fins a vosaltres per portar-vos a casa. Tractaré de no tornar a arriscar-me així. Ai, em fa mal! -es va queixar. Fran va anar a per la seva mare i va deixar a Thor trobat a la catifa.

Li va explicar que havia caigut per la muntanya i derrapat fins a trobar un arbre; no se li va acudir res millor; no li agradava mentir, però ara no tenia altra opció doncs cap adult hagués cregut la veritat de tot l'assumpte.

La seva mare va mirar a el gos, el va tocar amb molt de compte i a l'acariciar-el pit i el costat Thor va llançar un gemec llastimós. Tractant d'evitar que el palparan, Fran el va tranquil·litzar, subjectant poc a poc. La seva mare li entablilló el cos, pensant que podia ser una costella danyada, ja que tenia el costat inflamat i també una de les potes davanteres.

Entre els dos ho van pujar a l'cotxe i el van portar a el veterinari, que li va posar anestèsia perquè disminuís el dolor i que l'animal estigués tranquil per poder examinar-lo. El metge va fer radiografies que van donar com a resultat, per sort, que no tenia cap costella trencada, només grans hematomes causats pel cop.

-Amb uns dies de medicació i repòs estarà bé, però la pota del davant cal escayolarla -dictaminó el veterinari. Van passar els dies i Diogo i Jordi anaven a veure a Thor cada vegada que podien. Thor estava relativament content perquè els nois li portaven coses riques per menjar i ell es deixava acaronar sense cap tipus de vergonya.

-Que haurà passat amb la dama de blanc? -va preguntar un dia Diogo.

-No ho sé -va contestar Francesc, però no podem sortir de casa, al menys per un temps.

-Bueeeeeno, sortir no podem, és cert, però jo els puc explicar com acaba la història. Seieu al meu costat -els va demanar el gos-, però abans doneu-me un altre miqueta d'os. Ai, ai ..., que no em puc ni moure!

-No et aprofitis, Thor va dir Fran entre rialles. Amb cara d'interessant, Thor va començar el seu relat.

-Després d'aquella nit, l'home que va matar el llop va començar a tenir uns malsons molt, molt lletges ... -refirió-; tota aquesta angoixa ho va ser emmalaltint dia a dia.

La dama de blanc havia tornat a casa seva i els pobladors van recórrer a ella perquè els ajudés, pensant que tenia algun tipus de poder màgic per curar. Ella els va dir que no podia sanar i que l'ànima de l'bisbe estava tancada en aquell llop que l'home havia matat.

El pobre va morir als pocs dies, però va dir que estava content perquè, al menys, havia lliurat a la gent d'aquell ésser avar i de l'malvat i tenebrós animal. La veritat és que no sé si es referia a el llop o a bisbe amb aquests adjectius!
-va afegir el gos-.

La dama de blanc va prometre a la gent que mentre ella visqués ningú s'apoderaria de les valls d'Andorra, encara que alguns diuen haver-la vist encara en aquests dies, Com Thor no es podia moure a voluntat, aquells dies els nois van preferir quedar-se per les tardes a casa amb ell, passant l'estona amb els videojocs, tot i que començaven a avorrir de aquella rutina.

S'havien acostumat a sortir per aquí, a conèixer llocs nous entre les muntanyes i recórrer els camins misteriosos d'Andorra. A més estaven els ensenyaments de Thor, que coneixia alguna bonica història de cada lloc que visitaven.

-       Esteu avorrits? -els preguntava Thor-. Si voleu podeu anar per unes galetes d'aquestes amb xocolata que guarda la teva mare en el moble de la cuina. Jo, a canvi, us explico alguna història - deia ell amb cara de llaminer llepant-de gust a l'pensar en les llaminadures.
-Bé deia Francesc, però només unes poques.

Quan van arribar amb les galetes i uns batuts per Diogo i Jordi, i mentre berenaven, Thor va començar a explicar-los una història.

-¡Cerrad els ulls! -els va dir-. Viatjarem, però sense moure'ns d'aquí.

Ells es van veure, gairebé a l'instant, dins d'un gran cercle a la banda d'una foguera. La calor del foc els va acariciar la cara i el ball de les flames al voltant de la llenya il·luminava els rostres curiosos i expectants, que bevien al costat d'ells. Uns trobadors van entonar una cançó que comptava una bonica història.

«Al llac d'Engolasters dansen les bruixes nues durant tota la nit de Sant Joan, ja que allà celebren els seus aquelarres fent tres cercles centrals. El dimoni toca per elles la flauta i el tambor, i si algun intrús les observa, les bruixes, camuflades amb la seva màgia, els converteixen en gats negres, i si alguna d'elles ha de morir per veure on és, el cor al pit s'ha d'obrir».

Thor els va explicar que l'església feia córrer aquelles llegendes per anar en contra dels càtars i els atribuïa el culte a el gat. D'aquí la procedència del seu nom.

A l'acabar, el trobador va aprofitar l'atenció de la gent per presentar a un company seu que va entonar un altre càntic, donant començament a una nova història. Aquesta parlava que prop de el mateix llac hi havia una església solitària, però que abans hi havia hagut un poble en què els seus habitants eren garrepes i inmisericordes.

No coneixien el do de fer el bé i tampoc la paraula caritat, i un dia un captaire va entrar al poble a demanar una mica de pa però ningú va voler donar-, sent expulsat de el lloc de males maneres. Es va quedar als afores de el poble i una noia, a el passar per allà i veure-ho desvalgut, malalt i feble, li va oferir un rosegó de pa. Ell es va aixecar i li va dir:

«Tu, que has tingut compassió d'aquest pobre captaire et salvaràs ... Ara fuig cap a la muntanya».

La noia, confosa, li va fer cas, i de sobte uns trons eixordadors van començar a escoltar-se, reverberant amb el seu ressò entre les muntanyes. La seva llum va il·luminar tota la vall i el poble, i un gran diluvi va començar a caure amb gran força, inundant les valls i desbordant els rius en poc temps.

L'aigua va sepultar el poblat, convertint-se en el llac Engolasters, ja que el pobre aquell que va ser rebutjat era Jesús, i els avars i infidels van ser així castigats.

-Aquesta llegenda l'explicaven els càtars en contra de l'església - els va revelar Thor-. Ui, això d'estar malalt em dóna la gana ... tornem a casa.

Tot d'una van obrir els ulls i es van trobar de nou a casa de Fran, al costat de les galetes.

El temps va passar de pressa i els nens van haver de estudiar molt, ja que van estar d'exàmens a l'escola. La temporada d'esquí havia acabat i els carrers de la ciutat estaven tranquil, ja que els turistes ja eren escassos i tots els temporers que venien d'altres països començaven a tornar a casa seva després de diversos mesos de molta feina.

La mare de Fran va trobar una altra feina i van decidir mudar-se a Canillo. A del principi, a l'infant no li va agradar molt la idea perquè quedava més lluny de l'escola i dels seus amics, però el pare de Jordi es va oferir per portar-los sempre que volguessin.

D'aquella manera podrien seguir estudiant junts. Ell estava molt content perquè el seu fill Jordi havia experimentat un gran canvi en pel que fa a comportament i també les seves notes havien pujat notablement. «Potser aquests nens són una bona influència», va pensar.

Per la seva banda, la mare de Diogo no va posar cap objecció perquè feia temps que veia que el seu fill havia fet bons amics i per fi anava content a l'escola.Thor ja vivia sense escaiola i saltava de content pel parc, apurant als nois a sortir per aquí. Després de tant de temps en repòs necessitava córrer, ensumar, jugar, ficar-se al fred riu ...

Aquell dia era dissabte i havien decidit agafar uns entrepans i refrescos i recórrer els camins que hi havia a les rodalies; seguir el camí cap a l'església de Meritxell, contents, i van caminar a pas molt lent per no cansar Thor, encara que ell era el menys preocupat per la seva pota; va saltar perseguint un gat, a un parell d'ocells i tot el que se li va posar per davant.

El dia estava molt agradable, lluint un sol bastant càlid per ser mitjans d'abril. Aquell any la neu s'havia fos bastant ràpid i només es veien restes en els cims de les muntanyes més altes. Els arbres, alzines i roures estaven començant a cobrir-se de fulles noves, i la neu va donar pas a una suau tela verda que va cobrir les valls i la falda dels turons amb unes tímides flors que van començar a deixar veure les seves puntes blanques.

La grandalla, flor típica d'Andorra, es veia per tot arreu. Un cop van arribar a l'església es van asseure a descansar i berenar. Mentrestant, Thor, amb la llengua fora, buscava on hagués aigua. Un cop calmada la set es va asseure a la banda dels nois disposat a explicar-los una nova història titulada La Llegenda de Meritxell.

«La llegenda de Meritxell recull la història de la devoció de la vila andorrà per la seva patrona.

»Era el dia de Reis i els habitants de Meritxell es dirigien a Canillo per assistir a missa. A el passar per on avui s'aixeca el santuari veure un gavarrera florit, una mena de roser silvestre; estranyats per la presència de l'arbust en flor en ple mes de gener, es van ficar al llit i van descobrir a peu de l'matoll una bella imatge de la Mare de Déu.

»Ràpidament tot el lloc es va fer ressò de l'esdeveniment, que va arribar a l'orella de el capellà de poble. A l'acabar la missa de Reis, el rector i la gent de poble es van dirigir a Meritxell per tal de recollir la imatge i portar-la a Canillo. Després d'haver-ho fet i col·locar-la en l'altar major, es van comprometre a construir una bella església per protegir-la

»A l'endemà, a l'obrir la porta de l'església, la imatge de la Mare de Déu no hi era. Tot el poble va quedar espantat davant tal esdeveniment, fins que un viatger ignorant dels fets es va presentar dient que a el passar per Meritxell, venint d'Andorra, havia vist una bella imatge de la Verge a peu d'un gavarrera florit, prop de Meritxell.

»Així doncs, tots els habitants es van dirigir a el lloc per trobar-se novament la imatge al seu lloc original i net de neu en els seus voltants, tot i la copiosa nevada nocturna que havia succeït el dia anterior.

»Els habitants van decidir construir allà mateix una capella, i el gavarrera continua florint cada any, com cada any floreix la devoció dels andorrans que, agraïts pels favors dispensats per la Verge, la van nomenar patrona de les valls d'Andorra.

»El 1873, el Consell General de les Valls la va declarar patrona de país, i el 8 de setembre de 1921 va ser coronada de forma solemne. A partir de llavors, aquest dia, se celebra la festa nacional de al Principat.

CAPÍTOL 10

AL LLOC D'ALTRES

L'ambient a l'escola anava bastant millor, probablement perquè en uns mesos s'acabarien les classes i el bon temps permetia als nois fer més coses a l'aire lliure i estar en contacte amb la natura, el que els posava de bon humor.

Aquell dia era divendres i els nois es van ajuntar a casa de Fran. El pare de Jordi acostar al seu fill ia Diogo fins al nou veïnat del seu amic. Van decidir sortir, però Thor els va tallar el pas.

-Teniu de venir amb mi -els va dir-. La caixa vol dir-nos alguna cosa important ... -Sentados sobre la catifa i molt intrigats, els nois van esperar, expectantes-. Recordeu que una de les normes de la caixa és fer sempre el bé? Fins ara hem viatjat en el temps, però encara no hem fet res per altres persones que sigui veritablement important.

És per això que la caixa ens vol portar a un lloc que està una mica lluny i és totalment diferent al que estem acostumats. Us ve de gust anar?

-Sí! -van contestar els nens a l'alhora-. A on anirem?

-Demà ho sabreu -va respondre Thor-. Bé, agafeu una motxilla cada un. Aquesta vegada hem d'anar preparats: necessitarem una gran ampolla d'aigua cada un, protector solar, una mica de roba lleugera i còmoda i potser seria bo algun repel·lent de mosquits, per si de cas.

Tota prevenció és bona -va assenyalar-. També alguna cosa per menjar que no es faci malbé amb la calor ... Ah, i una gorra i uns walkies-talkies, per si hem de comunicar-nos entre nosaltres.

Els tres amics es van mostrar encantats amb la proposta.

-Demà partirem d'hora -va advertir Thor-, així que heu de dir a casa que passarem el dia a la muntanya, d'excursió.

Els nois van tornar a casa ansiosos i preguntant quin lloc seria aquell que els esperava. Mentre sopaven, cada un d'ells va demanar permís als seus pares per al dia següent i es van anar al llit.

Al matí van esmorzar i es van trobar a casa de Fran. Amb les motxilles preparades a l'esquena, es van desplaçar fins a un parc, des d'on Thor els donaria les instruccions.

Nois, ens anem a Uganda! -els va revelar el gos-. És important romandre junts per evitar perdre'ns.

-¡Uganda! -van exclamar tots, impressionats.

-Sí! -els va confirmar Thor-. Esteu a punt? ¡Amarraos els cinturons que ens vaaaamooos!

Instants després es van trobar en un lloc desconegut, al costat d'un gran bassal d'aigua. Thor va arrencar a córrer per beure, però es va aturar en sec quan va enfonsar el muse-ll en el líquid.

-Puagggg. Què aigua és aquesta? No es pot beure.

Encara era molt d'hora, gairebé clarejant i alguns papagais van trencar el silenci. Els nois van escoltar una veu al lluny, quan va aparèixer una noia prima i més alta que ells, cantant una melodia molt animada.

Thor va ser el primer a acostar-s'hi, movent la cua i saltant sobre a manera de salutació. La nena, sobresaltada, va deixar caure un bidó de plàstic que portava sobre el cap, per després dir-los alguna cosa en una llengua que els nens no van entendre.

Thor va retrocedir i es va acostar a Fran, demanant-li en veu baixa que agafés de la placa del seu collaret 3 pins molt petits i que se'ls posessin tots a la samarreta

-També són màgics -li va explicar el ca al seu due-ño-, i us permetran parlar i entendre l'idioma d'aquí. La noia parla una llengua anomenada luganda, però també parla anglès. No crec que sigui bo arriscar-nos a que em vegin parlotejant tranquil·lament amb vosaltres, així que no podré traduir el que us diguin.

Fran es va presentar a la noia i li va demanar disculpes per la vehemència de la salutació del seu gos.

-A vegades és massa efusiu -li va dir.

Ella va contestar que es deia Valentina i que vivia en un petit poblat, a cinc quilòmetres d'allà.

-Vinc tots els matins a buscar aigua. Jo i tots els nens d'aquí. És la nostra obligació fer-ho, tots els dies, quatre vegades a el dia.

-Però aquesta aigua està molt bruta -va respondre Fran-. Per a què la feu servir? -Per què creus tu? -va contestar la nena rient-. Per a tot: ens rentem amb ella, per beure, cuinar, rentar roba, etc. Sabem que està molt bruta, però és l'única que tenim.

-La nena va posar els seus peus descalços i esquerdats per les caminades diàries sobre unes fustes i es va ajupir a agafar l'aigua, submergint el bidó. Després, amb les seves mans, va ser omplint el recipient fins que va vessar. Després l'hi va tornar a col·locar sobre el cap

Si esteu perduts podríeu venir amb mi al meu poblat, fins que vinguin a buscar-vos.

-Sí, estàvem amb els nostres pares i sense voler ens vam separar

-va dir Diogo-. Afortunadament tenim uns wal-
kies-talkies i podem comunicar-nos amb ells, així que ani-
rem al teu vila i els direm que els esperem allà.

-No sé què és això -va dir Valentina.

Els nens li van ensenyar els walkies i van estar jugant
amb ells uns moments, però la noia va recordar que havia
d'anar a classe, així que els va dir que havia de marxar ja de
tornada. Van ser caminant al costat d'ella per acompanyar-la,
mentre el sol anava apuntant a l'horitzó.

Com ells estaven acostumats a anar de caminada per
les muntanyes d'Andorra no es va fer difícil seguir el ritme
a Valentina. Van marxar per un sender de terra ben marcat
gràcies a l'trànsit diari. Van veure uns arbres que Valentina
els va dir que es diuen mvuli i que havien estat sobreexplo-
tats, i també van trobar arbusts espinosos secs.

Va començar a fer calor i com els nois no estaven
acostumats a aquell clima van començar a sentir el cansa-
ment i la gola seca.

-Necessito una mica d'aigua -va dir Jordi.

La nena es va girar i li va oferir una mica de la que portava al bidó sobre el cap. El noi, tallat i incòmode, va pensar en com dir-li que no. Li sabia greu rebutjar-la perquè ella havia hagut d'anar des de molt lluny a buscar-la i no havia dubtat a oferir-, però d'altra banda sabia que si bevia era molt probable que emmalaltís. Fran el va ajudar a sortir de el pas.

-No et preocupis -va dir-. Portem la nostra aigua i tu la necessites més que nosaltres. De fet, buscarem la manera de portar unes poques d'aquestes ampolles per a vosaltres -diciendo això li va ensenyar les que portaven a la motxilla.

-Quina aigua més transparent! -es va sorprendre la noia-. Si tinguéssim aigua com aquesta, aquí es solucionarien grans problemes. Molts dels nens pateixen diarrees, còlera, tifus ... i moren per beure de zones on l'aigua no és apta per a les persones.

Pel camí a Thor li va donar per perseguir alguna cosa. Fran es va girar i va veure un mico en un arbre, que mirava a l'gos amb desconfiança. Després es va escapar molt ràpid.

Quan van arribar a el poble tres nens van sortir corrent per jugar amb Thor. Ell es va posar a perseguir-los i a l'estona Fran, Diogo i Jordi van veure passar a el gos a tota velocitat, amb catorze o quinze nens darrere. Valentina els va explicar que ells eren els seus germans, setze en total, i que vivien amb la seva àvia i avi, doncs els seus pares s'havien hagut de marxar per buscar feina a les ciutats veïnes, en activitats relacionades amb l'agricultura o fent maons o sorra.

103

.

En gairebé totes les cases es donava aquesta mateixa situació.Passada una estona, Valentina els va dir que havia de marxar a l'escola i ells van decidir acompanyar-la per conèixer-lo.

Els esperava, per això, una bona caminada de dos quilòmetres més, i ells ja estaven rebentats.

-I a vegades tu et queixes perquè se't passa el bus -li va xiuxiuejar Thor a Fran, apropant-se a ell.

-Tens raó. Prometo que la propera vegada que vulgui queixar-me pensaré en Valentina i el contenta que va, cantant i rient-se de les teves tonteries, tot i haver de caminar tant de temps per arribar a l'escola.

-És que jo sóc molt simpàtic i graciós -va dir el gos posant cara de tonto.

Per fi van arribar a l'escola. Es deia Sserinya Community School. Des de diferents direccions van anar arribant molts nens. Valentina i els seus germans es van dirigir, en ordre, cap a un moble fabricat amb troncs d'arbre, d'on van agafar unes tasses de plàstic blau clar. Després es van posar en fila a esperar el seu esmorzar.

Els nens van observar tot amb atenció.

-Jo em moro de fam -va dir Diogo-. Amb la caminada ganes d'anar a classe no tinc, més aviat me n'aniria a pegar-me un tiberi i després a dormir una migdiada.

-Jo també -va respondre Jordi-. Traguem els entrepans.

Aquí seria millor no fer-ho -va intervenir Francesc. Quan estiguem sols menjarem. Són molts nens i si els vingués de gust el que mengem nosaltres no podríem donar-los a tots i seria lleig deixar a alguns mirant.

-Ostres! Tens raó, no ho havíem pensat -van dir els seus dos amics alhora.

Un adult es va apropar a ells mentre xerraven.

-Què feu sols per aquí? -els va preguntar.

-Doncs estàvem amb els nostres pares -va respondre Francesc, però ens vam perdre. De tota manera, ja ens hem posat en contacte amb ells i vindran a buscar-nos aquí.

Aquell home els va dir que es deia Joseph i que era el director de l'escola. Van donar una volta amb ell pel lloc per veure les instal·lacions amb què comptaven. Joseph els va explicar que l'havien construït molt a poc a poc i amb molt esforç, gràcies a algunes donacions de voluntaris.

-Aquí tenim ara mateix cent seixanta alumnes provinents de les viles del voltant -els contó-, però de vegades no assisteixen tots a classe perquè alguns es queden ajudant a casa seva, sobretot durant la rainy season, l'època de pluges.

De vegades els germans fan torns i els que es queden treballant un dia, vénen a el següent a l'escola i els altres es queden ajudant a sembrar. -Joseph els va ensenyar, molt orgullós, el bany que feia poc havien acabat-. Espero que aquest col·legi sigui un dels millors per ajudar a tots aquests nens.

Els nois es van adonar de com una cosa tan comú per a ells podia ser tan difícil d'aconseguir allà; per a aquella gent una cosa tan simple com un lavabo o treure aigua d'una aixeta era gairebé inaccessible. Joseph es va acomiadar, demanant-los que no es fossin molt lluny i que era convenient que esperessin allí als seus pares.

-Si necessiteu alguna cosa, feu-m'ho saber -els va comentar mentre els deia adéu amb la mà.

Els nens van aprofitar que ja no quedava ningú per allà per tornar a casa. Van arribar directament a el parc i allí es van asseure a discutir què podrien fer per ajudar en el lloc que acaben de visitar. A la fi van quedar en anar cada un a casa, demanar una mica de diners i comprar ampolles d'aigua que lliurarien a Valentina a l'endemà.

De moment no se'ls va ocórrer una altra manera d'ajudar i quan cada un va tornar a la seva llar, van seguir donant-li voltes al cap, però amb la clara idea de tornar a Uganda.

A l'endemà estaven d'hora en el lloc de trobada, tots amb bosses plenes d'ampolles d'aigua. Quan el pare de Jordi va marxar amb la furgoneta, Thor es va tirar a sobre d'ells i van tornar a viatjar.

Van aparèixer prop de la casa de Valentina i van arrossegar les bosses amb dificultat el que els quedava de camí. Un cop van arribar, la noia va sortir al seu encontre i va rebre el regal dels nois molt contenta.

.

De seguida va començar a repartir l'aigua als nens veïns.

-Amb tota aquesta aigua hauria per a diversos dies, però ella la va repartir a tots els altres! -va dir Diogo amb sorpresa-. Sembla que la meva mare té raó quan diu que algunes persones, mentre menys tenen, més generoses són.

L'àvia de Valentina els va saludar i els va convidar a passar dins de la casa. Els nens van mirar la humil morada d'aquella família, amb el terra de terra i el sostre de palla; una habitació estava destinada a la cuina i l'altra per dormir.

-I els llits on estan? -va preguntar Jordi

-Posem la nostra roba a terra perquè faci com un matalàs i no dormir directament sobre el sòl. Quan ens aixe-quem, la sacsegem i ens la posem.

En un racó van veure un nen petit que plorava, molt prim, amb uns ulls grans i curiosos. Es va callar un moment i mirar als nens. Valentina el va agafar en braços i els va dir que es deia Tom. Era el seu germà petit, però no podia anar a l'escola perquè patia molt dolor en els peus.

Els nens li van mirar, pensant que potser s'havia clavat alguna cosa per anar descalç, ja que allí ningú portava sabates, però a l'mirar seus peus, gairebé en carn viva, van sentir que es desmaiaven. Valentina els va explicar que hi ha un paràsit que viu a la terra i en la sorra, i que es fica a la pell d'animals i humans.

-Viu, respira i defeca a través del orifici visible a la pell, mentre que a l'interior s'alimenta dels vasos sanguinis de la zona -els va explicar-.

La lesió que ocasiona produeix una intensa picor i els nens intenten alleujar gratant-se a la zona, el que acaba provocant grans infeccions i agreujant el problema. Fins i tot en alguns casos es gangrena, arribant els metges a haver de tallar alguns dits de peu per tallar la infecció.

Fran, Diogo i Jordi no podien creure el que veien i escoltaven. ¿Com podien aquells nens viure així? En aquesta època en què els xavals que coneixien tenien tots telèfons mòbils i coses que, en realitat, no necessitaven ... i aquells nens no comptaven tan sols amb el necessari per viure bé.

Podríem fer alguna cosa per tu o per ell? -li va preguntar Fran amb cara de preocupació.

-Bé, vaig a portar al meu germà a una petita clínica que han muntat les mateixes persones que dirigeixen el col·legi.

Els quatre, inclòs Thor, van decidir acompanyar-la, alternant durant el camí per portar al seu germà a cavallet. El petit, visiblement content, reia i passava d'esquena a esquena, mentre els nens saltaven com un cavall encabritat per fer-ho riure.

Un cop a la clínica li van practicar unes cures. Diogo no va aguantar i va haver de sortir, a veure que li treien les bestioles amb unes agulles i amb molt de compte, perquè també havien de treure els ous que aquest havia deixat a l'interior de la pell.

Fran va fer preguntes als infermers de la clínica i ells li van dir que sempre tenien molta escassetat de medicaments, i que en realitat funcionaven gràcies a la bona voluntat de les persones que aportaven ajudes.

Van partir de tornada a casa amb el nen ja més tranquil i els peuets alleujats gràcies a una pomada que actuava com a anestèsic. Pel camí van trobar molta animació i gent que anava i venia amb maons i una espècie de tubs de ciment.

Els nens li van preguntar a Valentina què passava i ella va semblar recordar alguna cosa que la va posar contenta.

-Avui ve Mzungu Einer i veurem si l'ajudem en alguna cosa

-va dir mentre esgotava el pas cap a on es trobava el nombrós grup de gent.

Els nois van deixar a Tom a terra i Fran li va posar la seva camisa perquè els peus no toquessin cap superfície i es tornessin a infectar. De seguida es van acostar a veure què passava. Entre la gent van veure un home blanc que parlava en anglès i donava instruccions. Valentina ho va assenyalar.
Mireu, és Mzungu Einer.

Als seus peus hi ha un gran forat i un noi es despenja a l'interior traient fang i terra. Aquest home blanc portarà aigua neta, ja que ja ha estat en altres viles i poblacions arreglant pous.

ºEls nois van veure com ella s'acostava per ajudar. Alguns dels seus germans hi eren també. Tothom cooperava i ells van decidir fer el mateix. Van treballar tota la tarda i van acabar coberts de suor i d'aquella terra rogenca; van parar un moment per menjar alguna cosa i la nena els va oferir una bosseta amb una pasta groga.

-És matoke -els va dir-. Mengeu que és bo.

Einer els va veure i es va acostar per saludar-los, ja que era estrany veure nens blancs per allà. Van haver de inventar una bona història que fos creïble. Els nois de seguida van agafar confiança i van conversar de forma amena durant el descans.

Ell els va explicar que el que estaven menjant era una mena de plàtan que conreaven les famílies i que era el principal suport que tenien, perquè sense aigua no hi havia manera de sembrar altres coses.

-És per això que hi ha tants nens desnodrits, per la mala alimentació. Hem creat, al costat de Joseph i un altre col·laborador, que es diu Francis, una organització que recapta diners per poder portar aigua a totes les zones poblades, i també per donar els esmorzars a l'escola -va explicar-.

Així tractem d'aportar als nens, al menys, un dinar que els alimenti perquè puguin estudiar i anar més animats. A el principi els nens, durant els esplais de l'escola, només es dedicaven a dormir sota els arbres. Ara ja tenen una mica més d'energia i juguen com nens normals.

Potser algun dia aconseguim ajuntar suficient per donar-los també un bon àpat. Einer es va aixecar i els va dir que calia continuar amb la feina, per poder avançar una mica més abans que caigués la nit. Jordi, Fran i Diogo van seguir ajudant i els va animar escoltar les persones cantant alegrement mentre el pou anava agafant forma.

Van detenir el treball quan va enfosquir, però continuarien al matí següent. Tota aquella gent va tornar als seus poblats amb l'esperit alegre i els nois van tornar a Andorra. Van arribar cansadíssims però contents per haver estat útils.

Un cop al parc van decidir rentar-se una mica abans d'anar a casa. L'aigua sortia freda, però no els va importar ... almenys ells tenien la possibilitat d'obrir una aixeta i comptar amb aigua neta.

Ja a casa Fran i Thor es van donar una bona dutxa. A l'hora del sopar, Fran es va mantenir callat, pensant en tot el que havia viscut aquells dies. Va devorar el que la seva mare va posar a taula, inclosa la guarnició de pèsols, que a Fran no li agradaven.

-Però si no us agraden els pèsols ..., sempre et queixes! -li va comentar la seva mare, sorpresa.

-Em sap greu, mare, ja no em queixaré més i menjaré el que cuinis sense queixar-va contestar ell.

La seva mare el va mirar sense entendre el que succeïa, però contenta.

Thor, per la seva banda, va fer el mateix, menjar-se tot el que li va ser caient, encara que ell sempre ho feia. Després tots dos es van fer fora, rendits.

Un cop a la seva habitació, Fran va començar a pensar en que mai havia reparat en el còmoda que era el seu llit. Es va acordar de Valentina i dels seus germans, que estarien dormint pràcticament a terra, i va pensar que li agradaria buscar una forma de ajudar-los. Es va dormir amb aquella idea donant voltes al seu cap.

Aquell dia era festa i no hi havia classes, de manera que es van aixecar aviat per anar de tornada a Uganda. Els treballs allà ja havien començat. Hi eren tots: Valentina, els seus germans, Joseph, Francis i Mzungu Einer, o com li deien els ugandesos: Home Blanc Einer.

Thor s'entretenia amb els més petits corrent per allà i Jordi, Fran i Diogo ràpidament es van unir a les quadrilles de treball. A mig dia ja estava llest el pou i els nens, contents, es van amuntegar al voltant d'ell bevent aigua i rentant.

Les rialles i l'alegria de joves i adults van omplir l'ambient. Poc després, una gran fila de bidons de colors van ser col·locats a l'espera de lluir plens d'aigua. Per fi l'aigua neta milloraria la vida a les casetes de la vila de Valentina.

Einer va seguir el camí en direcció a el poblat de la noia, per conèixer la gent i fer una llista de les seves necessitats.

Ja el sol començava a pegar fort i la gent entrava dins de les cases per fer la migdiada, ja que amb aquell calor no es podia fer res. Els tres amics estaven tan cansats que no van dubtar a seguir a Valentina quan els va dir que podien descansar allà amb ells.

Ja a la tarda, quan l'astre rei iniciava el seu recorregut de descens, tothom va baixar a centre de la vila, ja que allà es muntava una mena de mercat. La gent que tenia una mica de diners gràcies a la venda de l'matoke comprava allà una culleradeta de sucre, un grapat de fesols, o el que els fos possible.

Els adults s'ajuntaven en grups i conversaven, mentre els més joves es dedicaven a jugar i divertir-se amb qualsevol cosa. Un grup d'ells va fabricar una pilota de fulls de matoke i van córrer alegres darrere d'ella. Quan van veure els tres amics els van convidar a unir-se i jugar amb ells, gaudint com amb el millor pilota de reglament de l'món.

«Que feliços poden ser amb tan poquet», va pensar Jordi mentre corria després de la improvisada pilota. Quan aquella gent van començar a tornar cap a casa, els tres nois i Thor van decidir tornar a Andorra; estaven molt contents i motivats per seguir ajudant.

De tornada a l'escola la professora va reprendre la classe sobre bullyng i els va parlar sobre la importància de desenvolupar l'empatia.

-Llavors, ¿l'empatia és la capacitat de posar-se en les sabates de l'altre i veure com se sent? -va preguntar Jordi.

-Sí, així és -va confirmar la professora-. Hauríem treballar-hi, algú té algun suggeriment?

Jordi va dir que ell tenia una idea perquè el curs s'unís i aprengués a posar-se en la situació d'altres. La professora, atenta, va escoltar.

-Al costat de Fran i Diogo he estat investigant sobre uns nens d'Uganda i voldria explicar-vos la nostra experiència.
J
ordi va referir tot el que havien viscut allà, òbviament sense dir que havien viatjat fins al país africà gràcies a la caixa de vidre. Els va ensenyar a l'ordinador la pàgina de l'organització BEGIN Anew INC, on hi havia exposades fotos i vídeos que els nens van poder veure a l'aula. Jordi va proposar també fer una campanya per reunir diners per pagar els esmorzars d'aquests nens.

La professora, entusiasmada, va preguntar a la resta dels nois què pensaven a l'respecte i la majoria va estar d'acord. Cada un portaria idees i triarien les millors a l'endemà.

Fran va proposar fer una carrera amb patrocinadors, ja que en la seva anterior col·legi ho feien per ajuntar fons. Consistia que cada nen busqués un patrocinador que es comprometés a pagar una quantitat de diners per cada volta que donés el seu corredor a la pista. Si per exemple un corredor donava vuit voltes i el seu patrocinador s'havia compromès a pagar un euro per cada volta, aquesta persona hauria de pagar vuit euros.

Com més donants de diners aconseguissin, més diners recaptarien. Un altre company va proposar una rifa i fer una col·lecta de premis; altres van pensar en vendre coses de menjar i refrescos per al berenar. Així va passar la classe, molt animada, fins que a al final tots van acabar compromesos amb la causa.

La professora els va deixar un moment per parlar amb el director; doncs potser fos una bona oportunitat per fer participar l'Enric i el seu grup, apropant-los a la resta de el curs. Era arriscat, però podria resultar, així que va anar a demanar autorització a director per dur a terme les iniciatives dels nois. Després va tornar a l'aula i es va dirigir a ells.

Nois, tinc una bona notícia. El director us felicita per aquest gran projecte i la resta de l'escola es sumarà a les iniciatives. Nosaltres ens encarregarem d'organitzar tot. Enric i Jordi seran els encarregats de passar pels cursos per informar i explicar als professors i alumnes l'assumpte de la cursa que va proposar Fran.

Se celebrarà un cap de setmana i serà un dia familiar. Podran venir els pares que vulguin, farem una rifa i cada curs es comprometrà a recollir objectes que serveixin com a premis. Els cursos que vulguin estaran autoritzats a posar un estand per vendre dolços o refrescos als assistents a l'esdeveniment.

Enric va pensar que potser podria tornar a fer-se amic d'en Jordi. La veritat és que ho trobava a faltar, de manera que va posar tot de la seva part perquè les coses funcionessin. Els dos junts van passar per tots els cursos explicant el projecte i, després de tant repetir-ho, fins ell estava entusiasmat.

Va arribar el dia esperat. Era l'última setmana de classes i tots van arribar molt animats amb les seves llistes de patrocinadors. Tot estava preparat i alguns professors es van situar a la sortida per marcar cada volta que anaven donant els alumnes, de manera que fos més fàcil fer el recompte a la fin.

Molts pares van assistir, incloent els de Jordi, Enric, Fran i Diogo, que van ser especialment convidats per la professora, ja que ells havien estat organitzant tot al seu costat. Es van alçar improvisats tendals on alguns cursos havien col·locat coses per vendre i l'olor dels dolços i el menjar va obrir la gana a tots els presents.

El col·legi completament es va involucrar en el projecte «ESMORZARS PER el COL·LEGI SSERINYA COMMUNITY SCHOOL »

L'ambient era festiu i allò de comprometre per una causa comuna va fer oblidar algunes picabaralles anteriors, i la unió entre alumnes i professors va ser evident.

La carrera va començar.,A poc a poc van anar quedant menys alumnes a la pista, fins arribar als últims deu. Fran, Jordi i Enric encara estaven en carrera i a la fi van quedar Enric i uns nois d'una classe superior.

Tot d'una Enric va sentir que l'animaven des de les grades i tots els seus companys van començar a corejar el seu nom, ja que només quedava ell dels cursos inferiors. Mai li havien animat tantes persones i allò va causar en ell una rara sensació. Se li van pujar els colors a la cara, però va posar més afany per no desilusionarles i va aguantar unes voltes més. Ja només quedava un rival a la pista i els crits d'ànim dels nois es van unir als dels pares.

Enric va treure les seves últimes forces per aguantar el que quedava, malgrat que tots dos estaven molt cansats per l'esforç; l'altre noi es va quedar enrere i va sortir de la carrera, completant Enric seva última volta. Tots els nois es van abalançar sobre ell i el van portar a coll fins al podi de guanyadors.

El director va lliurar medalles als tres primers classificats. Enric estava feliç amb la seva medalla i tots els nois contents, ja que hi havia un premi per al curs guanyador. Un pare havia donat, al restaurant de l'estany Engolasters, un dinar per als vencedors. Que meravellós dia havien passat!

Durant les jornades següents, cada nen va recaptar el que els seus patrocinadors havien ofert i Enric, Jordi, Fran i Diogo es van fer càrrec de els diners que després van lliurar a la professora. Es posaven molt contents a el veure que la suma creixia cada dia.

L'últim dia de classes es van ajuntar tots a la sala d'actes. El director es va dirigir a ells dient que estava molt orgullós per l'esforç de tots i que la suma reunida era de 1.852 euros. Un aplaudiment espontani va sorgir al saló. El director els va fer senyals perquè escoltessin. Fran havia quedat amb Einer, de l'organització BEGIN Anew INC i li havien cridat per Skype als Estats units.

El director li va comunicar el que havien fet i quant havien aconseguit recaptar. Einer, emocionat pel gest dels nois, els va donar les gràcies en nom de tots els seus nens de la petita escola d'Uganda i els va comunicar que amb 567 euros podia donar l'esmorzar a 160 nens durant tres mesos.

Gràcies a la col·lecta que havia dut a terme a Andorra, aquells nois tindrien nou mesos d'esmorzar assegurat. Ja no es va aconseguir escoltar res més, doncs els nois cridaven de contents amb el resultat; tots se'n van anar a casa aquell dia amb un somriure de satisfacció a la cara.

Enric, Fran, Jordi, Diogo i la professora van anar a el banc a fer el dipòsit. Enric se sentia bé amb si mateix i va fer les paus amb Jordi.

Jordi. A partir d'aquell moment es va portar bé amb tots els altres companys i va demanar disculpes a Diogo, prometent que d'ara endavant tractaria de pensar en com se senten els altres abans de fer mal a ningú, per evitar causar malestar a altres nens.

Va reconèixer que se sentia millor ajudant els altres i sentint-se útil i valorat pels seus companys.

La festa de el premi del dinar de el curs es va celebrar en el Llac Engolasters. L'alegria regnava, d'una banda per l'any finalitzat i, de l'altra, pel magnífic treball realitzat. Haver dut a bon terme el projecte solidari, tots junts, els va deixar una sensació de satisfacció i orgull que mai oblidarien.

Els nois es van acomiadar fins a la tornada de les vacances i, per la seva banda, Fran va anar a veure a la seva àvia a Extremadura i ...,

¡Continuarà!

Fins a la propera, i una abraçada i un llepada de Thor, el gos que parla

FRAN I LA CAIXA DE CRISTALL

BIBLIOGRAFIA

Mariann Vesco és el pseudònim d'una escriptora novell, nascuda a Xile i radicada actualment a l'estranger. Va estudiar Pedagogia, on va descobrir la seva fascinació per ensenyar. Durant anys ha desenvolupat treballs que no estan relacionats amb la seva veritable vocació, de manera que busca una porta d'acostament als nens i una manera diferent d'ensenyar i influir positivament en ells. És així com neix el primer llibre de la seva trilogia: Fran i la caixa de Cristall.

FRAN I LA CAIXA DE CRISTALL